半吊子算命師

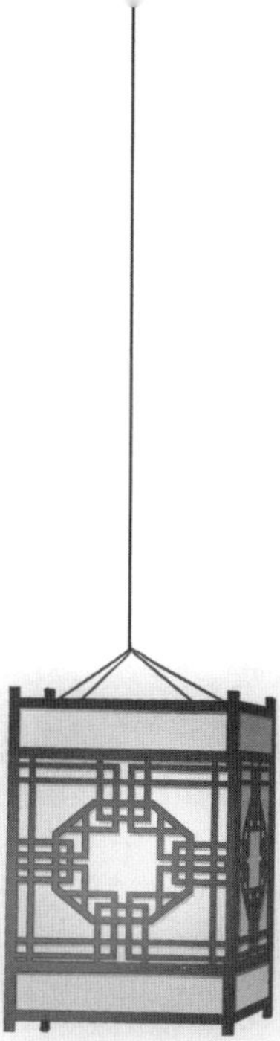

目錄

第一章

隨便咒人死的命理師

這座熱鬧的市集，只要經過某個角落，總會聽到這麼一句話。

「可愛的小妹妹，要不要來算算戀愛運啊？」

假日花市的人潮特別多，這對李成空來說是個可以賺取微薄收入的好時機，他有幸能透過朋友關係，可以在這個人聲鼎沸的場所裡，獲得一個小小的攤位擺塔羅牌算命，這要是讓他的師父地下有知，鐵定氣得會揪住他痛毆一頓，不過這實在不能怪他，現在景氣這麼差，過去他也擺過傳統的算命攤，但一天下來找他論命的人寥寥可數，連三餐錢都不夠補，現在改來塔羅牌算命，至少可以賺得幾頓溫飽。

要是哪天他師父真的托夢罵人的話，非得要告訴他，這是時代趨勢，年輕人就喜歡算算戀愛運，過去論八字、算人生的招牌已不在，況且他家師父的名氣在這業界也算響亮，就是因為如此他李成空更是淪為笑柄一枚。

師父什麼都教，卻忘了幫他算算自己的論命準確率高不高，全業界都知道他李成空的算命是出了名的不準，因此他才試著算算塔羅牌。

自己的人生有各種的辛苦與悲慘，全都是他無法讓外人所知的，就算背著這不怎麼好看的名聲，日子還是得繼續過下去。

瞧瞧，又有個年輕人上門來，是個少年，年紀比他小了些，比起自己剛滿二十二這不上不

下的年紀，眼前的孩子大概才十七歲，身上還穿著學校制服呢！

八成是來算戀愛運的吧？

「嘿，你需要什麼服務啊？」李成空露出一抹燦爛的笑容，他自認皮相不錯，還在家裡拚命練習過營業微笑，的確也招來不少客人。

「你就是每週六會在這裡擺攤的——空空塔羅牌？」少年陰著一張臉問道，李成空心想這人大概有著相當困擾的心事，真可憐。

「是的。」他微笑的臉龐依舊燦爛無比。

「很好，確認。」少年點點頭，突然伸手翻掉他搭起來的簡易桌子，桌上算命的道具全被掀翻，一時之間他還沒反應過來發生什麼事，周遭的人便已經迅速圍觀，少年似乎對他抱持著深仇大恨，不但砸了他的攤子，還一腳踩在旁邊的小椅凳上，霸氣十足地指著他破口大罵。

「你這傢伙，隨便咒人家失戀也就算了，還說人家短命？」少年氣壞了，壓低聲音，一副隨時都要跟對方幹架的姿態。

「唉，你、你好好說，別這麼衝動……」李成空看著被翻倒的攤位，一臉無奈也顯得緊張不已，他千算萬算就是沒算到自己今日諸事不宜。

「我就好好說。」少年放下腳，雙手環胸，狠狠地瞪著他。

「你以後不准在這裡擺攤，胡說八道、完全不準，還隨便咒人家死，這是造孽，以後只要我看到你擺攤，見一次砸一次！」

少年威風地丟下這番話之後，轉身離開留下一身狼狽的李成空，他低頭看看一片狼籍的地上，又抬頭看看圍觀的眾人。

這一刻對他來說真他媽丟臉，往後他還有能在這裡擺攤嗎？

瞧瞧那些竊竊私語的人們，竟然還有人用手機錄影，這下真的無地自容，他該怎麼化解這個窘況呢？

「請問……你們也想要算算塔羅牌嗎？」他微微一笑，鎮定地問道。

路人們一臉詫異，個個再次竊竊私語，沒多久之後一哄而散，留下李成空面對這一切。

師父啊，您仙逝得早，怎麼沒算出我根本不是當算命師的命呢？

嗚嗚……好想哭啊……

◇◇◇

「後來，我就沒在假日花市裡，看到那個亂講話的塔羅牌攤位了。」一名長相極為甜美的

高中女孩，跟著幾個同學聊起前一陣子的事，一副安心又感慨的模樣。

「余家寶，你真的去掀了對方的攤位啊？」一名聽得極認真的男孩，轉頭問著正趴在桌上睡覺的人問道。

「嗯……」被喚為余家寶的男孩，睡眼惺忪地抬起頭，現在才早上第二節課，瞌睡蟲正活躍著，讓他上一堂數學課撐得相當辛苦。

「這個人是你吧？」另一名同學拿出手機，上頭是有心人上傳到網路上的影片，畫面中的少年正狠狠掀掉一張木桌，頓時塔羅牌漫天飛舞，四周的行人都嚇得停下腳步，啞口無言。

「嗯，我啊。」余家寶瞇起眼，真心覺得這是個處處都有眼線的世界，居然還被人拍下影片了。

「你真的超有膽的。」男同學們紛紛表示讚賞，在班上，余家寶的代名詞就是膽子大，老是擺著一張冷臉，卻常常比誰都還要願意出頭行俠仗義，身手好，似乎還有點功夫底子，在這所平家高中裡，還沒多少人敢惹他，只是個小小高二生卻讓高三的學長們也得對他敬畏三分。

「胡說八道的人，就不該在那種地方繼續騙人。」余家寶打了個哈欠，繼續盯著畫面，認為自己的行為理所當然。

「也對，子茵當時被這個傢伙說了啥啊？讓妳氣到睡不著，甚至還被氣哭？」這會兒，同學們開始在乎整件事的主角，被一群男孩女孩圍住，談論余家寶掀人家攤子的女孩，曹子茵。

「他就說我活不過十八歲，真是亂七八糟，哪有這種做生意方法？我明明問的是我的戀愛運啊！」長相可愛的曹子茵一想起當時的情況，不免氣得鼓起臉頰。

「就是說，亂講一通，阿寶去砸了人家的攤子，還只是小小警告而已啦。」一旁的綁著馬尾的女孩跟著附和，接著一群人又開始對那個胡說八道的攤主狠狠批鬥一番。

余家寶沒興趣參與這些人的話題，他又打了個哈欠，趁著上課鐘聲響起之前繼續補眠，這實在不能怪他，每晚都必須忙到深夜才能睡，現在只要能抓到空檔，就盡量睡，啊，下一堂是數學課，也是一堂好睡的課，至於這些無聊的八卦，他才沒力氣去管，今晚又是個忙碌的日子，當然這件事他從不讓外人知道，要是被這群人知道，鐵定會招來異樣的眼光。

晚上是新月，奶奶說過這種日子沒有月光的情形下，陰氣最重，更是群魔亂舞之刻，也是他最忙的時候。

◇　◇　◇

「晚上最多小鬼出沒，你就出門幫爺爺抓幾隻，這樣一來就能交差了。」

出門前，年邁的奶奶替他整理好必備的工具，全都放進一只多功能的登山背包，余家寶沒多說什麼，扛起背包準備出門，心裡正盤算著今夜大概會耗到相當晚的時間才能收工。

「爺爺說要五隻啊……」背著行囊走在路上的余家寶，一邊掐指算著，一邊感到苦惱，從沒想過抓鬼也要有業績，一個晚上五隻，他必須好好想辦法湊到這個數字才行。

抓鬼這行，在他們余家可是傳承超過十代的老行業了，要細說源頭的話，故事太過冗長，簡單地說他們每一代都有個倒楣鬼……呃，一個人來擔任鬼差的工作，據說這是好幾百年前，陰曹地府欽點他們余家的人，必須擔任這個職位，不容得拒絕。

至於詳細原因早已不可考，上一任的鬼差就是年事已高的余爺爺，這一任則由余家寶接下，他們天生就吃這行飯，念起抓鬼口訣，使起法器都特別得心應手，爺爺總是對他叮嚀，這工作推拒不得，也馬虎不得，畢竟地府的人可是隨時都在注意著，所以要他今晚抓到五隻鬼的任務，絕不是開玩笑，那麼今晚他得好好想想，該如何達到這個目標才行。

「上工前先填飽肚子比較要緊。」余家寶看著前方有家連鎖超商。

在深夜裡發亮的招牌，對於行人來說猶如燈塔一般，他拐進超商裡頭，盤算著挑兩個飯糰、一瓶可樂來充飢。在櫃臺前等結帳時，卻覺得替他結帳的店員動作異常地慢，這讓他有些失去耐性。

「你能算快一點嗎？」他一抬頭，對上男店員有些不耐地喊道，卻被對方一股惡狠狠的視線搞得一頭霧水。

兩人就這麼對望許久，對視之間簡直像快擦出火花來，余家寶看著他，正覺得眼熟，想了又想才發現，這人就是前些天被他砸掉塔羅牌算命攤的那個倒楣鬼。

「哦？是你喔？」余家寶認出他，面無表情地說。

「對，是我。」身穿連鎖超商制服的李成空，抓著那瓶可樂刷過條碼機，要不是正在工作，他真想將這瓶可樂往余家寶臉上砸去。

「原來你還有其他工作，改邪歸正了？」余家寶問得很真心，殊不知對李成空來說，這是在諷刺他。

「這是我的兼職。」李成空刷過條碼機，將可樂往櫃臺用力摔，企圖多晃幾下好讓對方可以感受看看噴泉的滋味。

「七十八塊。」李成空手一攤，等著余家寶付帳，這段時間依舊死瞪著對方，活像要把對方給吃了一般。

「哦？」余家寶掏出一張百元鈔，他當然也看到李成空剛才的舉動，但大人不計小人過，反正放段時間就能喝。

「我看你就別再去擺攤禍害別人，亂咒人家死是很缺德的，像這樣老老實實地工作，不是很好？」

「我的事輪不到你來講，這是你的發票，謝謝光臨。」李成空很不客氣地將發票塞到他手上，正眼瞧他都嫌懶。

「好吧。」余家寶雙手一攤，大概也知道對方是什麼心情，但是胡說八道就是不對，隨便咒人家死可是的大忌，他想這種半路出家的命理師，就該學點教訓才對。

余家寶朝他露出一抹不以為然的微笑，抓起食物就往外走，對他來說李成空不過是人生中一個小逗點，不需顧慮。

李成空則是冷著一張臉目送他離開，直到自動門關上，他轉身背對著櫃臺，露出相當不悅又怨恨的表情。

「這死小鬼，搞得我現在一團糟，竟然還跟我說教？」李成空一想到剛才余家寶的態度，心裡就是一個恨字，打從前一陣子攤位被砸，整個壞名聲被遠播之後，他就無法繼續在花市裡擺攤，雖然算命的收入不能填飽肚子，但是多少能補貼一些家用。

就算手上還有的超商店員的兼職工作，但算命才是他的本業，現在可好了，勉強餬口的地方去不了，還得背上胡說八道、半路出家的惡名，就算他現在能出去擺攤，也不會有人想找他算命，全都是剛才那個趾高氣揚的臭小鬼害的，更糟糕的是，他根本不記得自己什麼時候咒過人家死，他又不是笨蛋，死期這種事那能隨便說說？

李成空想了又想，輾轉難眠好幾夜之後，才想到他說不定是被人陷害，一想到這個可能性，他的心情更悶、更難受，但是木已成舟，無法繼續擺攤算命的事實就在眼前，他也只能怨恨在心，看看事情能否有轉機。

作為一個命理師，今天淪落到這種地步，他自己都覺得悲哀，看看剛才那個砸他攤子的少年，那模樣多威風，雖然大半夜背著一把桃花木劍在身上實在很可疑……

等等，桃花木劍？這年頭青少年幹架，流行帶這種東西嗎？

李成空仰頭想了想，回憶起少年身上的配件，桃花木劍、手搖鈴，甚至還有幾張黃色符咒不小心跑出口袋外，最令他在意的就是套在少年腰間的那條細鐵鍊，這行頭怎麼看都有點熟悉。

他想起師父曾提過，這世上有一種職業需要時時刻刻帶著鐵鍊在身上，那便是「鬼差」。

「鬼差啊……我聽說已經有好幾多年不曾見過鬼差出沒了。」李成空倒是有些感慨，雖然是命理師出身，但是這類的奇門遁甲多少也聽說過一些，尤其他的師父也有幾個兄弟，專做這種陰間差事，但這是個相當辛苦的行業，弄個不好，喪命都有可能，就是因為如此鬼差才會越來越少。

「諒那個小鬼也不可能擔任這麼重要的職位，鬼差耶！可是要有領陰曹地府的令牌才夠格勝任，這種不知天高地厚的人才沒資格擔任。」李成空冷哼幾聲，決定抹掉剛才的猜測，認為余家寶身上的裝扮只是巧合。

他更沒心思去理會這個小鬼要做什麼，現階段就是專心工作、等下班、等領薪水，等著下一次，可以繼續擺攤算命的機會。

晚上十一點，李成空才剛跟大夜班的同事交接完畢，心心念念著等等要吃頓好料當宵夜，加上今天是發薪日，真該好好犒賞自己。

就是這樣的小確幸，讓他開心地哼起歌來，同事來跟他交接時，都能感受到他的好心情，就在他準備脫掉制服時，大夜班的同事卻一臉為難地探頭進來。

「阿空，你現在有空嗎？」大夜班同事委屈哀求的聲音，讓李成空腦中立刻警鈴大作。

「怎麼了、怎麼了？碰上搶劫了？」李成空停下手，滿臉驚慌地與同事對望。

「不是，但是狀況也好不到哪去。」同事苦著一張臉說道。

李成空看著他的眼神，心裡湧起一股不好的預感，他最痛恨這種感覺，身為命理師好事老是不準，壞事卻準確得嚇人，這對他來說不是好事。

他暗自算了算時間，以及突然嗅到不知從哪兒來的血腥味，直覺這是個血光之災，而且是會要人命的那種。

「我跟你去看看。」李成空扔下隨身物品，尾隨同事走到店門口去，兩人才剛到門口，立刻被外頭的景象嚇得倒抽一口氣。

有個男孩渾身是血地靠在落地玻璃窗前，四周更灑落著鮮紅的血液，少年的表情痛苦，身上的衣物更像是被刀子劃破好幾刀，鮮血正不斷地從那些被劃出的口子裡冒出。

「你、你先去叫救護車。」李成空看這情況不妙，立刻指揮同事尋求外援，自己則是慢慢地靠近察看，這一看才發現是剛才來買東西的余家寶。

「哇靠，你是遇到仇家了？」李成空蹲在他面前小心地檢查傷勢，要說這是人為又不太像，反而像是被風劃破衣服似的，尤其他的手臂上都是密密麻麻的小傷痕，看了就讓人覺得痛。

「才不是……不要叫救護車，幫我撥電話給我爺爺。」余家寶勉強睜開眼看著他，用慢到不行的速度，從口袋裡掏出一只手機交給李成空。

「通訊錄第一個就是我爺爺的電話，打給他……」他努力撐著一口氣說道，彷彿隨時都會

失去意識。

「什麼跟什麼啊？你受重傷，應該讓專業的醫療人員處理，打給你爺爺幹麼？」

「打、給他……他知道怎麼處理……」余家寶咬牙努力解釋，這種時候還得費功夫跟不懂的人說明，真是快要了他的命。

「我說你……」

「叫你打就打，囉唆什麼？這不是一般人幹的，一定要找我爺爺才能處理。」

余家寶用盡最後的氣力吼著，要不是他的雙手痛得連抬起來都無法，怎麼會找這個笨蛋幫忙？

「好好好……」李成空覺得莫名其妙，連忙滑開手機，螢幕光一亮就看見鏡面碎裂，上頭還沾了血，令他不禁懷疑這傢伙剛才到底遭受了多恐怖的襲擊。

他勉強從碎裂的畫面上，看到通訊錄的第一位聯絡人，就寫著爺爺二字，連忙點進去撥號，電話沒響多久就立刻被接通。

「阿寶嗎？有什麼事？」另一端傳來相當蒼老的聲音。

「呃……你是阿寶的爺爺嗎？」李成空不確定地問，視線落在一旁意識越來越不清楚的余家寶，這下才知道這少年的名字。

「請問你是哪位？」蒼老的聲音夾著滿滿的困惑。

「我只是個路人，你孫子現在全身都是傷，他堅持不去醫院，要我打電話給你。」李成空將所有的狀況概述了一遍，只是整個過程聽起來像是在抱怨。

「阿寶受傷了？」蒼老的聲音這下多了幾分緊張。

「是啊，很嚴重，得立刻送他去醫院。」李成空點點頭，企圖獲得余爺爺的認同。

「不，把他送回家，我給你地址，你現在立刻把他送回來，盡快，不得拖延。」

李成空對於這個答覆感到很無言，卻也只能配合，同時心裡不停抱怨這對爺孫真難相處，要是鬧出人命他才不管。

「好吧，要是出了什麼事，我不負責任喔。」

李成空收掉手機，無奈地起身轉身走進店裡，阻止同事叫救護車，這段時間不免探頭看著外面動也不動的少年，要不是看得見他呼吸一起一伏胸口，他真擔心這少年會直接死在店門口，這對商家來說可是非常不吉利的事。

「咦？不用叫？沒問題嗎？」同事抓著電話，才剛通報到一半。

「他的家屬要我送回他家。」李成空則是覺得無奈。

「真的沒問題？他傷成這樣耶……」攸關一條人命，大夜班同事不管怎麼想，都覺得不太妙。

「他家的人說了算。」李成空雙手一攤，在跟同事交代完幾件事後，又走出店外扛起奄奄一息的余家寶。

「小鬼，我送你回家，不過我只有機車可以載，你這模樣叫計程車不方便。」李成空掏出機車鑰匙甩了幾下說道。

「……都可以，我還可以撐著。」余家寶就是強撐著，甚至不要對方的攙扶，勉強自己起身行走，雖然李成空覺得這傢伙隨時都會倒下，但是看他一臉抿唇努力鎮定的姿態，估計的確還能撐一下子。

「真是倔強的小鬼。」李成空回頭看了他一眼，忍不住勾起嘴角低語，余家寶顧著保持清醒，自然就沒聽到他這句話，很順從地搭上李成空的機車，讓他送自己回家。

這趟路上，余家寶一邊忍耐著疼痛，一邊保持意識清醒，但是傷勢過於嚴重。

鮮血不停地從傷痕裡冒出，還沾濕李成空的衣服，清楚感覺背後逐漸擴散的濕潤感，李成空不禁偷偷地嘆了口氣，心想沾到的血跡不知道能不能洗掉，可惜了他才剛買幾天的衣服。

「小鬼，你叫啥？」這趟路上，李成空也擔心余家寶昏過去，試圖找話題與他聊。

「余家寶……」身後的人，氣若游絲地回，這聲音聽起真的是忍耐到極限了。

「挺喜氣洋洋的名字。」李成空笑出聲，這個看起來傲氣十足的少年，竟然有這麼不太符合他的名字，人不可貌相。

「你呢？」

「我叫李成空。」

「好奇怪的名字……空，是天空的空？」余家寶喘了幾口氣，身上的傷不停襲來陣陣疼痛，讓他不禁直接靠在李成空的背上，不停抽搐、忍耐。

「是啊，這我養父起的名字，看過我的命底，就給了我這個名字。」李成空笑了笑，余家寶不是第一個這麼對他說的人。

「給這名字有什麼意義？」余家寶揉揉眼睛，繼續保持清醒。

「他說人的一生到盡頭，帶不走原本擁有的一切，他要我孑然一身度日，簡單地說，不會讓我過得不好，但是也不會過得多好。我的命格本身破敗，注定每件事都不好，師父給了我這名字，起碼可以讓我求得三餐溫飽。」李成空相當豁達，加上自己從小就知道無父無母的事實，看來師父說的完全沒錯，他一生都不會帶任何自己的東西。

「……是嗎？聽起來你師父也是個命理師。」

「是啊，人稱李鐵嘴，在命理界可有名了，我是他唯一的弟子呢。」李成空一提到自己

的師父，不免露出自豪的笑意，儘管師父在幾年前仙逝，但對他來說，就像還活在自己的心中，常常會將他告誡過的事情拿出來好好回味。師父是他的養父，更像是親生父親，無私又可敬。

「我聽過這名字，早幾年很多新生兒都要找李鐵嘴命名，聽說被他命名的孩子，的確各方面都不錯，怎麼你……就差一大截？還隨便咒人家死？」余家寶一損起他，精神倒來了，身上的傷一下子像浮雲。

「小鬼，這點我真的要反駁，我不隨便咒人家死，這可是大忌。」李成空又想起先前被這傢伙砸攤子的事，好不容易釋懷許多，這下又氣憤難耐了。

「這樣的話……你要怎麼解釋我班上同學被你說會有死劫的事？」余家寶不死心，他深刻記得曹子茵那幾天的消沉模樣，一個漂亮女孩被這麼說心情鐵定不好。

「我不記得這件事。」李成空皺起眉，腦海中搜索一番，真的不記得有這一回事。

「說過就不算？我同學還記得，是上上禮拜天呢！你直接跟她說十五天之內會遭遇死劫。」余家寶很好心地繼續幫他提醒。

「小鬼，我真的不記得……」李成空想破頭也不記得這回事，而且十五天這日期又是怎麼算出來的？

「想逃避責任了？」余家寶頓時精神又更好了。

「你真的受重傷嗎？」李成空在一個小巷子左轉，緩緩停在某戶老舊的三層屋子前，有些疑惑的回頭問。

「你說呢？」余家寶抿抿嘴說道，僅透過路燈的照射下，李成空看著他，要不是那張毫無血色的臉足以證明，少年幾乎都是用意志力在撐，他都要懷疑這人用番茄醬騙他。

「不管是不是，你家到了啦。」李成空停好車，還將他扶下車，乾脆好人做到底，將他扶到指定的門牌號碼前，門鈴還沒來得及按下，這斑駁老舊的紅色木門隨即被推開，裡頭站著一位起碼八十歲出頭的老人，蒼蒼的白髮、嚴肅的面容，令李成空不禁倒抽一口氣，深夜看到這景象其實挺嚇人。

「你就是余爺爺嗎？」李成空手扶著余家寶的肩膀，戰戰兢兢地問道。

這老人看起來真像隨時會施展出絕世武功的高人，他甚至懷疑這人搞不好還會輕功。

「是，把阿寶扶進來吧，謝謝你的幫忙。」余爺爺不多廢話，立刻讓出一條路讓他們進屋。

李成空扶著他跨進余家裡頭之後，隨即被眼前的陣仗嚇得直發愣。

余家住的是棟相當老舊的透天樓房，一樓是廳堂，此刻大門開啟，門樑上掛著現今已經相當少見的紅色燈籠。燈籠隨著風搖搖晃晃，伴隨淡淡的檀香味，讓人一時之間有了時空錯亂的感覺，這裡像是三十多年前的屋造設計，連窗戶都還是由下往上推的古老樣式。

大廳的空間算是寬敞，這廳堂裡全被收拾得乾乾淨淨，在佛桌神龕前擺著一張長型木板床，這明顯就是在等余家寶的陣勢。

「讓阿寶躺上去。」余爺爺指了指木板床說道。

「哦……」李成空小心翼翼地將他扶上木板床，頓時檀香味更重了些。

「這位先生，接下來要做的事，我一個人力量不夠，你能否留下幫我？」余爺爺端起一只金屬製的燻香爐，上頭都煙灰燻得黑而老舊。

「是沒問題，但是我能做什麼？」李成空發現余家寶一躺到木板床上後，隨即失去意識，這種摸不著頭緒的狀況，讓他感到有些不安。

「壓著他，別讓他亂動。」余爺爺一說完，以迅雷不及掩耳的速度掏出一張像是符令紙的東西，喃喃念了幾句沒人聽得懂得話語，隨後對空一拋，紙張神奇地自己冒出火花，化成一片灰燼全都散落在余家寶的身上。

這一瞬間，原本沉睡的余家寶突然痙攣，咬緊牙不停顫動，那些灰燼引出一堆黑色煙霧，李成空看得入迷，一下子猜不透這是什麼。

「小鬼，還傻著做啥，壓住他啊！」佘爺爺連忙提醒他，李成空這才想起自己的任務，立刻上前壓住佘家寶開始扭動掙扎的雙手。

「抓緊。」佘爺爺說著又拋出一張符令，同樣立刻冒出火花，只是這回散落在少年身上的灰燼更多，而他身上的傷口開始冒出黑灰交雜的煙，而且這些煙霧看起來像個人臉。

李成空越看越怕，看向佘爺爺想求得答案，但這名老者只與他對上一眼沒有回應，這會兒從腰間抓出一小台墨斗，從裡頭抽出一條鮮紅色的細線，由左往右來回拉線，木板床下原來暗藏著幾枚鐵釘，這些細紅線就這麼牢牢地將佘家寶固定，只是這會兒他身上的黑煙更多，而且還開始傳來令人頭皮發麻的哀嚎。

李成空完全看傻了，他以為這種收妖用的墨斗線是上個世紀的產物，沒想到現在還能親眼看到有人能如此流暢操作。

「好，你放手離阿寶三步遠距離。」佘爺爺收好墨斗，自己也往後退了幾步，李成空當然不敢違背，還有些懼怕地湊近老者身邊，要是有個意外，這個高深莫測的老者至少還能幫他一把吧？

「抱歉，打擾一下，我想請問這是什麼狀況？」李成空看著還躺在木板床上痙攣，滿臉痛苦的佘家寶，不禁感到恐懼。

余爺爺僅是看他一眼，沒回應繼續盯著余家寶的情況，自己的孫子滿臉痛苦地掙扎，他卻還能如此冷靜看待，這讓李成空總覺得這人真無情。

「你們是鬼差的後代吧？我聽我養父說過這種職業，我還以為已經絕跡了咧。」李成空看他不想回答，又繼續追問著，這會兒終於引起余爺爺的注意。

「你知道鬼差？」

「聽過，但是不曾見過……哦，現在已經見過。」李成空看了看他，又看了看還在掙扎的余家寶。

「你曉得鬼差，是在做什麼用的嗎？」余爺爺突然語氣神祕地反問，李成空絕沒看錯，那抹笑看起來別有用心。

「不就是替陰曹地府辦事、抓鬼嗎？」李成空對於他這問題感到困惑。

「不是抓鬼，是引渡鬼回陰間。」余爺爺又神祕地說，同時指向趨於平靜的余家寶，他身上的黑煙正慢慢減少中，那些像是哀嚎的恐怖聲音，也逐漸變得越來越小。

「引渡？怎麼引渡？」李成空這下更聽不懂，更希望這老人家行行好，別這麼愛吊人胃口。

「阿寶的身體，就是引渡的關鍵，這並不是抓鬼，而是讓鬼跟著他回來。」

余爺爺說完後，李成空沉默了好一會兒，思索許久之後才發現這番話的意義。

「引渡……你們用這傢伙的身體，讓這些鬼附身？」李成空驚恐地問，這下他總算知道那些黑煙和令人不安的哀嚎怎麼回事了。

「所謂的附身，是指靈魂占據肉體與心智，鬼差並不會發生這種事，我們的身體對這些在陽間飄盪的冤魂來說，就像個監牢，一旦被抓住，絕對沒有逃脫的機會。」

余爺爺這是停頓了一會兒，望著動也不動，看似沉睡的余家寶許久。

「什麼監牢？根本就是把自己的身體當容器，這很傷身的耶！」李成空越聽越覺得不對勁，雖然對這方面一知半解，但是他也碰過被冤魂纏身的人們，往往都是身心出問題的下場，最慘搞不好還會喪命。

而這個鬼差，就他瞭解之後，直覺太過亂來。

「要說容器也行，但是鬼差的身體陽氣很足，歷經這麼多代，鮮少有人因此喪命。」余爺爺的語氣聽來，似乎是以鬼差這職業為豪，但是李成空還是覺得哪裡不對勁。

「哎，那傢伙看起來如何？」他看著余家寶難掩擔心地問，尤其是在知道這孩子身上的傷，都是歷經這麼危險的工作而來時，他突然覺得自己只是個超商店員而顯得安全又愉快許多。

「這些鬼慢慢被收走了。」余爺爺這麼說，李成空也看不出個所以然，只曉得黑煙的確越來越少。

「這樣的話，他身上的傷……」

「休息個三天就可以全復原，全都是那些魂魄想掙脫出來造成的傷，這很常見。」

「不，你孫子這副德行，嚇壞很多人。」李成空扯扯嘴角，忍不住吐槽了幾句。

「我看你倒是很鎮定，你在哪高就？」余爺爺總算願意與他正眼面對面，李成空的態度與反應，大大地引起他的好奇。

「我只是個普通的超商店員。」李成空這會兒卻不太想說得太白，這老者看起來挺狡猾的，要是說錯話說不定會被賣掉。

「超商店員也懂鬼差？」余爺爺繼續追問道。

「碰巧知道。」

「年輕人，我倒想知道你的來歷，你懂的不是一般人該知道的事情。」余爺爺瞇起眼，眼底似乎還閃過一絲光芒。

「我就說我只是個超商店員。」李成空心底不斷地默唸，要嘴硬、嘴硬、嘴硬，這個老人看起來真不曉得在做什麼打算。

「店員也懂算命？」

「啊哈哈，你在說什麼啊？」李成空摸摸後腦杓，一下子被戳中核心問題，頓時亂了陣腳。

「前陣子我聽我孫子說，有個傢伙隨便算人家的死期，他氣死了，直接去砸了對方的攤子。」

「這就是你孫子不對，人家生意做得好好的，跑來砸場，搞得我什麼都沒了！」

李成空一想到這件事還是氣憤難耐，顧不得剛才的掩飾，指著余家寶就是一頓痛罵，等到罵夠了，對上余爺爺那抹含笑的眼神時，這才回過神。

「你師父是誰？」余爺爺這會兒輕扯嘴角笑問。

「……李鐵嘴。」李成空知道怎麼也瞞不住，悶悶地老實回答。

「哦？我記得他只收一個徒弟，就是他的養子。」余爺爺這下更仔細地看著他，明顯在打量著他。

「呃……你還挺瞭解的。」李成空知道自己的養父名號響亮，每每提起總有人知道他的來歷，但是下一秒往往……

「但是大家都笑說他的養子根本沒慧根，李鐵嘴傻了，將畢生功力交給這個沒父沒母的孤

兒，反而弄壞他的名聲。」余爺爺的這抹笑帶著幾分輕視，令他感到相當不舒坦。

「我才沒有。」

「若是沒有，才不會落得連個小攤位都擺不成。」

李成空被這句話堵得說不出話來，以前他的養父可是能在熱門地段開店營業的程度，而他的確什麼都不行。

「我好心帶你孫子回來，沒必要被你這麼損！」就在李成空惱羞成怒地吼回去時，原本昏睡的余家寶似乎有了動靜，這才打斷他們的對話。

「唔……你們在吵什麼啊？」還躺在木板床上的余家寶，掙扎了一會兒，發現身上還綁著墨斗線，這才繼續平躺。

「阿寶醒了？」余爺爺回頭看著余家寶問道。

「醒了。」

這對爺孫安靜了許久，氣氛突然變得凝重，對於孫子平安無事，余爺爺似乎沒有任何喜悅之感。

「爺爺，這次結果如何？」余家寶的語氣像是等著被打分數的孩子。

「抓到四隻，沒達到目標，你好好反省，晚些記得寫悔過報告書，還有記得去城隍爺面前淨一次身，身上的冤氣還太重。」余爺爺不甚滿意地說完後，轉身就往後門走去，這時他突然停下腳步回頭看著李成空。

「小兄弟，麻煩你幫他解開身上的墨斗繩吧。晚了，我累了要休息。」余爺爺交代完之後，直接走進後側門不再理會他們。

李成空愣了好一會兒，才慢慢靠近余家寶，一臉困惑地看看他又看看空無一人的側門。

「他是你親生的爺爺？」李成空不免懷疑問道。

「如假包換，血濃於水，你快幫我解開墨斗線。」余家寶動動手指，催促著他。

「我說你們啊，使喚人都不會覺得不好意思啊？」李成空不滿地碎唸幾句，還是彎身乖乖替他解開纏在他身上的墨斗線。

這一摸他才發覺這幾條不起眼的紅線，竟然熱燙得嚇人，剛才那些黑煙果真是冤魂啊……

第二章

鬼差

李成空本來打算幫余家寶拆完墨斗線之後，就快閃離開，殊不知這個少年似乎很講究恩情這種事，所以他就被這人強迫帶上樓去喝感謝的茶了。

自此，他深刻感覺到這個衝動又把義氣掛在首要的人，似乎是個就事論事的人。

「請喝，這是我家的上等好茶，平常不輕易開封的。」余家寶端上茶杯，李成空坐在桌前覺得很不真實，明明身處現代的時空，但是這小子的家所呈現的一切，都像幾百年前的風味。

這年頭還會有年輕人會泡茶已經很少見，他還以為這小子會請他喝啤酒咧。

「謝謝。」李成空端起茶杯慢慢地啜了幾口，雖然大熱天喝熱茶對他來說有點怪，但是這茶真的好喝，也算是大開眼界了。

但是兩人就這麼面對面，一口一口喝著熱茶沒有對話，李成空心想大概喝完就可以走人了，余家寶則是一邊喝茶，偶爾會瞄他幾眼，似乎想說些什麼。

「哎，小鬼。」李成空再次與他對上視線時，忍不住開口了。

「嗯？」余家寶抬起眼，一副沒事狀。

「你幹麼一直偷看我？」李成空受不了了，每喝兩口就看他一眼，這讓人想不在意都難。

「你怎麼知道鬼差的事？」余家寶問了跟他爺爺一樣的問題。

「同樣的問題我實在懶得回答兩次，你可以問你爺爺。」

「你要再喝一杯茶嗎？」余家寶看他杯子裡的茶水快沒了，忍不住又問道。

「好啊。」李成空沒有多想，將杯子遞到他面前，少年立刻替他又倒滿一杯熱茶。

「換我問你。」接過杯子的李成空，突然問道。

「你說。」余家寶一副很自在的模樣，甚至還從桌子底下摸出一包洋芋片要跟他一起分享。

「鬼差這種工作，不會折壽嗎？剛剛看你傷成這樣，實在很難不擔心。」李成空又看看余家寶，雖然那些傷痕神奇地全都消失，但是這種情況其實每次都會發生。

「不會，你看我爺爺，高齡八十多歲，還是一尾活龍啊。」

「也是，他看起來就不好惹。」李成空一想到余爺爺那張嚴肅的臉龐，不禁打了個寒顫。

兩人的對話沒有繼續下去，雙方又陷入沉默，繼續喝茶、吃餅乾，直到……

「小鬼，我從未幫人算過死期，這點我師父再三告誡我過，你上回砸我的攤子一定是誤會。」李成空對這件事還是耿耿於懷，畢竟被余家寶這麼一鬧，他原本賴以維生的攤子也擺不成，鬱悶得很。

「但是你說了。」余家寶目光銳利地盯著他。

「我沒有！這是大忌，我答應過我師父，絕不做這種事，這可是下跪、點香，對神明發誓過的。」李成空真是氣死了，一直繞在這話題上講，讓他不禁放大絕。

「是嗎？」余家寶還是不怎麼信，畢竟當事人抱怨過。

「真盧耶你！不說了，我要走了。」李成空將杯子往桌上一摔，氣憤地起身想走人，余家寶自然也不多留，只是目送著他離開。

李成空要下樓前還回頭看了他一眼，眼神特別鬱悶。

「幹麼？」余家寶被盯得有些莫名其妙。

「我絕對不會亂說別人的死期，倘若真的如你所說的這樣……你還是請你那位女同學好好注意安全。」

李成空丟下這麼一句令人費解的話頭也不回地走，余家寶則還在參透他的意思。

「總覺得這傢伙，話中有話而且有事隱瞞。」最後，余家寶做出這個結論，雖然對李成空還不是很瞭解，但是他隱約察覺這人身上還有許多謎團，並不如外表那般普通。

「不過，這也不關我的事就是了。」余家寶有些疲憊地說。

◇　◇　◇

第二章
鬼差

再後來，這是五天後的事。

「你們知道曹子茵昨晚出事了嗎？」

一大早，平家高中二年三班特別不平靜，一群同學們圍在一起議論紛紛，還不忘看向後方始終空著的座位。

「她怎麼了啊？」還在狀況外的同學連忙追問。

「她死了。」坐在位置上的女同學有些不安地說。

「死了？別開玩笑，她昨天不是還好好的嗎？」幾個同學忍不住驚呼出聲，這消息實在太震撼了。

「她到底發生什麼事了？」這消息讓這群同學不禁想起前一陣子，曹子茵被預言死期的事，這下真的不能說那個命理師胡說八道了。

「她昨天莫名其妙淹死在一個陌生男人的家裡。」

「淹死？在家裡淹死？這什麼奇怪的說法啊？」一聽到真相的同學又開始議論紛紛。

「淹死在那男人家的浴缸裡，聽說那人是曹子茵的男友，有毒品前科。」一名帶著粗框眼鏡的男同學，低頭看著手機上的網路新聞，一字一句唸著，像是沒感情的機器人。

「所以凶手是曹子茵的男友？」一名女同學不確定地下了結論。

「可能吧。」這名帶著粗框眼鏡的男孩回過頭，看著他身後趴在桌上睡覺的余家寶，許久才開口。

「余家寶，我覺得你該去跟那個命理師道歉。」男孩很正經地說道，周圍的同學開始議論紛紛。

「張真一，你有病啊？這時候應該要關心曹子茵的死吧？」

「就是說，誰去管那個命理師？」

「可是，他說中了，不是嗎？」這名喚作張真一的少年，藏在眼鏡後方的目光相當銳利，毫不畏懼地掃了所有人一眼，才接著說：「那位先生的生意一定大受影響，曹子茵是死了，我們當然得緬懷、傷心，可是比起來那位先生才可憐。」

「你幹麼一直替他說話？」余家寶緩緩抬起頭，他覺得有些吵，有些煩躁。

「我就事論事，余家寶，我建議你去跟他道個歉。」張真一還是維持一貫作風，硬邦邦的態度讓人覺得不太舒坦。

「煩死了，你很吵。」

「你不去，我就把你的事說出來。」張真一推推眼鏡，低聲威脅。

「……我覺得用把柄威脅人的你很卑鄙。」余家寶瞪著他忍不住咒罵幾聲，張真一是班上

唯一知道他夜裡當鬼差的事，不過張真一只是恰巧碰見，還不太清楚詳細情況，可是一旦被張真一掀了祕密，他在學校裡鐵定會招來不少麻煩。

尤其張真一這傢伙還是導師指定給他的小導師，這很無奈，全班排名落後的學生，必須由全班排名前頭的人指導課業，好來加強彼此的學業。

張真一是個書呆子、學業狂，所以整日都希望余家寶的成績能進步，起先他還可以不在乎這件事，自從有把柄落在他手上後，就不得不從，他只要一想到張真一老是拿這件事威脅他，內心就感到不爽，卻也只能妥協。

「你會去嗎？」張真一沒得到的答案，繼續緊盯著他不放，他完全是一個老師想導正不良少年的心態，恨鐵不成鋼。

「會啦會啦。」余家寶搔搔頭，煩躁地妥協。

「我跟你去。」張真一又說，這下真的讓余家寶徹底炸毛。

「張真一，你很煩耶！我家人都沒你管這麼多。」

「作為你的小導師，我要注意你的言行跟課業。」張真一完全不受影響，依舊一板一眼。

對於這種發言，余家寶僅能無言以對。

「就這麼說定了。」張真一看他不說話，就當作是默認，重新轉回前方繼續唸書，後頭的余家寶臉上的表情倒是千變萬化，一副想痛揍對方卻又拿他無法，只好趴回桌子繼續假寐。

班上同學繼續討論曹子茵意外身亡的事，他對這件事沒興趣，反而對李成空能算出死期這件事感興趣，這下他更有證據能逼問這個有問題的命理師了。

◇◇◇

站在超商櫃臺的李成空，趁著店內沒人打了個大哈欠，距離交班時間還有一個小時半，整個超商只剩下廣播的流行音樂，令他感到昏昏欲睡。

打從碰到余家寶那件事至今已經過了五天，這五天對他來說毫無變化，甚至一如往常地乏味，更糟糕的是，他始終找不到下一個合適擺攤算命點，這點讓他相當焦急，畢竟那件事才是他的本職，一旦荒廢，他便感覺愧對扶養他長大的師父。

「真是……我怎麼就是算不到自己這一陣子流年不利呢？」李成空目光悠遠，悄悄地又嘆了口氣。

這時，有客人入店的提醒鈴聲響起，他稱職地抬頭招呼，但那句歡迎光臨卻說得相當僵硬。

「你……怎麼會來？」李成空看著余家寶百般不願地慢慢靠近他，立刻起了防備的姿態，而他的身後還跟著一名戴著粗框眼鏡，一臉就是全校前三名人種的少年。

「我是來道歉的。」余家寶口氣不怎麼好地說，李成空後退一步，一下子無法接受。

「道什麼歉？為哪件事？」這傢伙虧欠他的事情太多，還真不曉得是為何而來。

「這個。」余家寶從身後抽出被捲得亂七八糟的報紙，攤開一看是今天的地方版新聞，李成空沒有看報紙的習慣，一時會意不了他要表達什麼。

「被你說中了。」余家寶的目光掃過報紙上那張僅拍到一個老舊浴缸的照片，悶悶地說。

「啊？浴缸？」李成空循著照片往一旁看，才看見一旁的標題寫著，某所高中曹姓女學生離奇淹死在浴缸裡的報導。

「你上次預言的成真了。」余家寶低頭看著報導好一會兒，遲遲不繼續說下去，一直站在身後的張真一緩緩向前看著李成空。

「曹子茵死了，就跟你預言的時間一模一樣。」

「……哦，所以？」李成空頓時覺得很不舒坦，這實在是件爛消息。

「我要他來跟你道歉，他掀了你的攤子，也讓你背了黑鍋。」

「哦……」李成空這下充滿興趣地看看余家寶又看看張真一，沒想到這世間除了他爺爺以外，還有人壓制得了這個狂妄的少年。

「所以，余家寶，你該說什麼？」張真一回過頭盯著他，瞇起眼狀似威脅。

「……對不起。」余家寶低著頭，音量極小，小到李成空必須靠近他才能聽見。

「啊？」李成空一副就是，要他在說一次。

「對不起啦！」余家寶受不了這種尷尬的狀況，挺起胸胡亂喊了聲之後，便衝出超商，留下錯愕的李成空以及依舊淡定的張真一。

「他其實臉皮挺薄的。」張真一淡淡地下了這個註解。

「我倒覺得，他這種彆扭的姿態挺有趣的。」李成空頓時好像也不再那麼討厭余家寶了。

「那麼，我們先走了。」張真一推推眼鏡，既然目標達成轉身準備離開。

「慢走啊——」李成空覺得很莫名其妙，雖然看那小子吃癟的樣子，心情特別的舒爽。

那兩名少年走遠了，接近晚上九點半的超商，一時之間還沒有客人上門，李成空順手將那張被放在櫃臺的報紙收起，不經意地看著上頭的報導，眼神閃過一絲不易察覺的心思。

余家寶指控他胡亂說人家的死期，這點他其實困擾了好些天，畢竟師父生前告誡過他不管算出什麼答案，只要與壽命有關的，一律不得洩漏，就算是命理師也得遵守「天機」的規則，可是偶爾也會有不小心的時候。

他記得以前剛學會算命時，曾有幾次不小心洩漏死期，當時都被師父想盡辦法糊弄過去，甚至還被罰寫上千次不得算他人死期的字句。當時還小，他不懂師父為何這麼緊張，直到他升上高中，為人比較懂事後，才知道師父的用意何在。

師父早在他小時候就發現，他什麼都算不準，唯獨人的壽命總是特別準確，但是在這個社會，死亡是一件相當忌諱的事情，隨隨便便就說中人家的死期，也是替自己找麻煩，於是師父開始提醒他，算什麼都好就是別輕易地說出別人的壽命。

這件事，直到師父病逝前還一直掛念著，他當然遵守，但是剛才那兩人提及的事，讓他不得不在意。

「該不會是我不小心說出口了？」李成空最後能替自己解釋的答案，也只能如此。

就算如此，也與他無關了。

他這麼無所謂地想著，畢竟那個曹子茵與他毫無關係，況且對方根本不信他所算出的答案，這麼一來這女孩的死，其實與他毫無關連，只要這麼一想剛才那些複雜的情緒立刻消退光光，接下來的日子也就可以心安理得地過下去。

「跟我無關，跟我無關，一切跟我無關。」

這會兒，李成空與同事交接換班之後，滿心愜意地離開超商，邊走還邊想著回程的路上會經過哪些小吃攤，想買些熱食回家當宵夜，這種小確幸的日子其實過得挺舒坦的，只要不要想起他擺攤算命的工作相當不順利即可。

但是，他才剛拐出小巷子，便被似乎埋伏許久的余家寶叫住。

「喂，你等等。」余家寶靠在牆邊，雙手環胸，講話還是不改往日的強勢態度。

「哇靠，你怎麼還沒回家啊？」李成空後退一步，直覺鐵定沒好事。

「有事找你，我們聊聊。」余家寶勾勾手說道。

「我能說不嗎？」李成空實在不想跟上。

「如果我可以幫你弄個不錯的算命攤位，你跟不跟？」

李成空一聽到這番話，愣了好一會兒，這殺傷力實在太大，太吸引人了。

「就、就跟你去看看，你別唬我啊！」最後，他還是選擇妥協，甚至一直在內心咒罵自己不爭氣，但是這小子開的條件實在太吸引人，讓他不得不含淚跟上。

這一路余家寶始終沉默，帶著他拐了好幾個彎，走進相當老舊的巷子裡，正當他想問這小子究竟想把他帶到哪裡去時，少年猛然停下腳步，他跟著對方往前看，發現他們停在一棟相當老舊的木造屋子，外頭還懸掛著一排紅燈籠，四周瀰漫著一股檀香味。

李成空望著這木門緊閉的屋子許久，頓時間以為自己回到了百年前的錯覺，他從沒想過這

個城市裡隱藏著這麼一個古老的地方。

「這是哪裡啊？」李成空有些恍惚地問道。

「這裡叫迷魂茶樓，今天有人想請你來喝杯茶。」余家寶推開木門，隨著晚風襲來，上頭的紅燈籠跟著搖曳。

「哦——」李成空似懂非懂地點點頭，心想這名字好像在哪聽過。

這間古老的屋子門外沒有招牌，乍看之下只是普通人家，沒想到門一開裡頭有個天井，他忍不住仰頭看著，天井採用八卦形搭建，屋內四周還有幾根粗大的紅色樑柱支撐，腳下踩的是已經褪色斑駁的暗紅色地磚，這屋內的檀香味更重了些，看起來很像時下想走古風的文青咖啡館，只是整體氣氛並不像是那種店，反而營造出這裡早就存在很久的事實。

「竟然有這種地方啊？」李成空跟著他走，不禁讚嘆幾聲，但是這茶樓裡一個客人都沒有，天井下擺了幾張木桌，上頭卻已經擺好幾盞茶壺與茶杯，像是早就準備好迎來客人的陣仗。

「是一個不太想讓活人知道的地方。」余家寶淡淡地解釋，這會兒他們已經繞過天井走進後屋，接著一同踩上通往二樓的木階梯，這一路還可以聽到腳下傳來木頭的吱呀聲響。

上了樓，余家寶帶著他挑往靠窗的位置坐下，似乎在等著誰，而李成空則是低頭繼續想著，這茶樓的名字到底是從哪而來的熟悉感。

「你們來了？」突然，一個高瘦，穿著白襯衫、黑長褲的年輕男人，看起來約莫二十出頭，一臉平淡地出現在他們桌前問道。

李成空被他嚇得不輕，一時之間瞪大眼說不出話來，年輕男人掃了他一眼，似乎對於他人的驚訝相當習慣。

「早來了，先來壺烏龍吧。」余家寶對於這男人到底從哪出現，毫不在意而是直接點餐，年輕男人看了李成空一眼，平淡的眼神裡終於有點情緒。

「主人請他來的？」

「是啊，昨天交報告之後，那個老女人就一直叫我要帶他來。」余家寶一手搭著下巴，對待年輕男人的態度有些輕率。

「是嗎？主人老是破壞規矩，真拿你們頭疼。」年輕男人皺起眉，不禁低聲抱怨，這聽來似乎對余家寶頗有些怨言。

「那也是你家主人跟我的事情。」余家寶不太耐煩地應了回去，年輕男人盯了他一會兒，這才轉身離開。

余家寶一下子似乎想到了什麼，連忙喚住逐漸走遠的年輕男人：「喂，我要烏龍茶，我可

不准你偷偷換上別的茶啊！」

年輕男人這時停下腳步，意味深遠回頭看了他一眼，嘴角勾著笑。

「放心，主子都答應你了，我上的茶絕對是上等好茶。」

語畢，他下樓煮茶去，李成空則是一臉困惑地看看早已空了的樓梯口，又看看余家寶。

「這到底是哪啊？他主人是誰？你跟他不和？」

「這裡是迷魂茶樓啊。」余家寶一副「你該知道」的眼神，相當不耐煩。

「抱歉，我很少上網，這裡如果是部落客推薦的知名店家，不見得我一定知道。」李成空很認真地說道，他的手機連上網的功能都沒有，這種假日找文青好店的行為，與他從來沾不上邊。

「白癡。」余家寶冷冷地瞪了他一眼，似乎不想多做解釋。

「我最討厭你這種唧唧歪歪，老愛搞神祕的小鬼性格，你給我說清——」

「茶樓內禁止喧譁。」

就在他想理論時，樓梯口傳來一陣嫵媚的女聲伴隨著高跟鞋踩踏的聲音，李成空循著聲音望去，恰好看見一名身穿紅色旗袍，一頭及腰長髮的豔麗女子緩緩朝他們走來，手裡還端著一壺茶，淺淺的笑意在這古色古香的茶樓裡，增添不少神祕感。

「我們沒有吵架，是這傢伙沒事找事做。」余家寶指著李成空，將責任推得一乾二淨。

「我沒有，而且把我帶來這種莫名其妙的地方，我沒掉頭走人，已經對你很客氣了，好嗎？」李成空緩緩坐回椅子，怒氣難消，就算那名美艷的女子是這麼的賞心悅目。

「好好好，先冷靜，我來替你們倒茶。」女子將茶端上桌，好整以暇地替三個空杯斟滿茶，拉開介於這兩人之間的椅子坐下，她先是看了李成空一眼，接著又看向余家寶，臉上依舊是那張美麗的微笑。

「阿寶，這位就是你說的好像不太準可是又有點準的命理師？」

「對，就是他，妳不是有問題想請教他嗎？我人都帶來了，妳快問吧。」余家寶看都不看一眼，抓起杯子逕自喝了兩口茶。

「我說你們說話都這麼不客氣嗎？」李成空真的受不了這種每個人都瞧不起他的狀況，啊啊啊……氣死人。

「你先別動怒，我們家阿寶說話是直接了點，來來來，喝茶。」這位女子伸手輕拍他的肩好聲安撫，那抹微笑的確讓李成空消了些怒氣。

「妳是誰？這裡又是哪裡？」

「這裡是迷魂茶樓，我是孟婆。」

「哦——孟婆——」

這會兒，李成空愣了一下，這下才把這間茶樓與眼前這名女子之間的關係，串連起來。

「妳是，孟孟孟孟孟……孟婆？那個奈何橋前灌人迷湯，才能投胎的孟婆？」

這下他總算可以理解，為何老覺得迷魂茶樓這名字熟悉，就是孟婆湯的根據地嘛！但是這種文獻才會有的東西怎麼可能會在人間？

該不會這裡……

「你們該不會想拐我吧？」李成空怪事見多了，但是這次的等級可真高。

「沒拐你，你倒是挺清楚我們的職業。」孟婆柔柔一笑，對於他的反應似乎不意外。

「我多少也讀過文獻，只是這種情況我沒法子信。」李成空看他們倆依舊淡定，自己也慢慢收起慌張的情緒，緩緩坐回椅子，只是對於這裡的疑慮，他連孟婆親自替他到的茶也沒膽子喝下了。

「這種事情我也沒辦法強迫你信，但是我可以跟你說說，為何這裡會有迷魂茶樓。」孟婆換了個姿勢，對於他的質疑態度還是那麼的從容。

「妳說。」李成空盯著她，等著答案，那模樣之認真讓孟婆止不住笑。

「迷魂茶樓是地府投胎前一個很重要的單位，每個要投胎的魂魄，不管男的女的都得喝茶才能過關，然而約莫五十多年前，因為下屬管事不力出現紕漏，導致有一批人沒喝茶就投胎，這些人保有上一輩子的記憶，所以我就帶著我的下屬奉命來人間開設分部，目的就是讓那些沒喝到迷魂湯的人，給我乖乖喝下去。」

「這樣的話，跟他帶我來這裡有什麼關係？」李成空有些茫然地問道，視線忍不住落在一旁繼續喝茶的余家寶。

「阿寶就是當初沒喝到迷魂湯就投胎的人之一，只是因為他身分特殊，地府的人特赦他不用補喝湯。」孟婆轉頭看了余家寶一眼，眼底倒是多了幾分長輩的關愛眼神。

「所以，這跟請我來這裡有關連嗎？」

「我們懷疑你也是沒喝到湯的人。」孟婆說完之後，還將他面前的烏龍茶推得更近些，這讓李成空更不敢喝了。

「什麼跟什麼啊？胡說，單憑這樣就認定我沒喝湯？根據在哪？我可沒什麼前世的記憶喔！」李成空二話不說，立刻炸毛、吼人，這群人真的很愛挑戰他的耐性，他最近運氣未免也太差了！

「當然不是以此判定，而是以當時的部分名單判定，當時有一批人轉世，各個都有帶著一些比較特殊的能力，例如，阿寶是鬼差的後代，他依稀記得幾代鬼差的工作內容，不過……也

因為這層特殊能力，是城隍爺擔保他可以勝任，免去補喝湯的程序。」孟婆又回頭看著始終沉默的余家寶，那抹微笑又增添不少神祕感。

「就是因為這樣，我家的下屬很不開心，一直覺得不能破例，剛才你也看見他們兩人的對話不怎麼客氣吧？」

李成空張著嘴聽他說明，回想起剛才帶路的男人，的確對他們相當的不友善。

「所以，以你的年紀還有能力，我的確懷疑你忘了喝湯。」

「我能有什麼能力啊？」李成空往後退了些，面對這群人他真想逃開。

「阿寶說你預知死期時間很準確。」

這會兒，李成空選擇安靜，直盯著一旁的余家寶許久。

「只是一個女生的死期不小心被我說中，你們不用這麼緊張吧？」

「只是說中一個就很不得了嘍。」孟婆笑笑地喝下一口茶，回敬他的眼神相當嫵媚。

「巧合啦。」李成空直覺這一趟一定有問題，早知道就不來了。

「怎麼會是巧合呢？紀信，幫我把本子拿來。」孟婆朝著樓梯口彈指喊道。

「本子？什麼本子？」

就在他還無法搞清楚狀況時，剛才那名高瘦的青年捧了本老舊的本子上樓，當他把本子交給孟婆時，還掃了他一眼，眼底藏著相當不友善的情緒。

「每個人活在這世間，做過哪些事情都會有個紀錄，不過非必要的時候它就只會是個記錄，直到你死去，必須在地府接受審判時，這本記錄才會派上用場，不過呢……偶爾會在特殊狀況時提前使用，例如現在。」孟婆邊說邊翻開那本書，李成空盯著這一切，完全傻掉了，一旁的隨從紀信則是滿臉不悅地緊盯著他與余家寶，簡直像是有著深仇大恨。

「你在五歲的時候，預言住在附近的一名王老先生，兩天之內死亡，就在你說的時間當晚，王老先生遭到橫禍過世，當時的人們一度想找你質問，更有人傳著你似乎有相當驚人的預言能力，但是這些全都被你的養父壓了下來。」

「這、這件事我已經不太記得了。」李成空皺起眉，說不太記得也就表示依稀有印象，而且那是相當不舒服的回憶。

他只記得事情鬧很大，不少大人圍著他議論紛紛，還有些人認為他是百年難得一件的神童，能準確預言出任何事情，但是他準確預言死期這件事，卻也讓一部分的人造成恐慌。

「你的養父很用心，怕你受到傷害，於是用一切是巧合的理由帶過，不過也因此禁止你算壽命的事，然而之後陸陸續續發生過幾次終究防不了的事件。」孟婆停了下來，這段時間就像在醞釀下一波的攻勢，使得李成空坐立難安。

「你預言了你養父的死期，而且相當精確，對吧？」

孟婆這番話似乎狠狠戳中李成空的心深處，一直以來總是輕浮、笑笑的表情，這一瞬間變得凝重又痛苦，這樣的轉變連余家寶都愣了好一會兒。

「你在十歲那年，預言你的養父會在五年內遭遇不測，但是這件事又被你的養父掩蓋，只是你記得，你也擔心，所以不斷地提醒他，但是你的養父完全不放在心上，果真在五年之後……」孟婆看他難看的臉色毫不在乎，還自在地喝下一口熱茶才繼續接著說。

「他遭到一名飲酒神智不清的男人，一刀捅進致命部位，失血過多而死。」

孟婆這時露出的笑容有些殘忍，李成空低著頭握著那只杯子不斷地顫抖，氣氛頓時變得尷尬不已。

「你試圖扭轉劣勢，卻因為李鐵嘴一句命運不可更動，而眼睜睜看他死去，一般人說不定會好好利用你這個能力，只有這種奉公守法的老實人才會搞死自己，不過這件事地府倒是讚譽有佳。」

「妳懂什麼？」李成空壓抑不了心中的怒氣，猛拍桌子朝她喊道。

「我是不懂你在想什麼，但是能事先知道死期，對你來說到底是好是壞呢？」孟婆見多識廣，對於他的怒氣根本無動於衷，反而更貼近他，然後勾起一抹嫵媚的笑意。

「我的職業就是看人重生，自然也看過不少死亡，對我們地府的人來說，生死本來就是工作的一環，這人要明天死，又是怎麼死，對我們來說就是個程序問題，我懂所謂的死，但是你懂你為何而發怒嗎？」

李成空被戳得滿臉通紅，一時之間想起身逃離，奇怪的是，他全身像是被綁了條繩子一樣，動彈不得。

「李成空，我今天找你來是為了想借用你的能力，你可以不用喝迷魂湯，但是你必須跟阿寶一樣，成為我迷魂茶樓旗下的成員之一。」

雙方沉默好一陣子之後，李成空抬起頭眼神變得銳利又凶狠。

「憑什麼我得喝迷魂湯？這跟我預測死期有什麼關係？」

「因為這是你上一輩子的能力，不過玄奇的是我們還查不到你上一世的輪回記錄，只曉得這是你與生俱來的能力之一，你更是那一批忘了喝迷魂湯的投胎名單之一，雖然看起來你也不記得自己的上一世，但是按照規定你必須喝下。」

孟婆一邊解釋一邊撥弄手中的杯子，好似那裡頭的湯湯水水就是迷魂湯，令人感到畏懼。

「難保哪天你會想起來，而你的能力也是我們要注意的原因之一。」

「喝下這湯，會有什麼結果？」李成空看著手裡的杯子，他開始後悔跟來，或者該說，打

從一開始，碰上余家寶就沒好事。

「你過去學算命裡扎根的底子會全部消失，這個算死期的自然也會不見，成個徹底的普通人。」

「意思是，我師父教給我的那些全都會不見？」李成空站起身，這下才感受到事態的嚴重性。

「李鐵嘴那些功夫，到你這裡就會斷絕。」

「開什麼玩笑！我不會讓這種事發生。」李成空這下完全沉不住氣，又是一個拍桌。

「所以，我給你選擇的餘地，你可以不喝迷魂湯，但是你必須幫迷魂茶樓工作，而且待遇優渥，我還能給你一個地點不錯的算命攤，這麼好的事你還想拒絕嗎？」

此話倒是讓李成空認真思考，但是他也知道待遇越好，越表示這裡頭大有問題。

「為什麼非得找我？」

「因為阿寶非常需要你幫他。」孟婆指了指一旁的余家寶說道。

「果然跟他有關，我幹麼幫他啊？」

「你知道每個人的壽命都有個燭火吧？當這個燭火越來越弱，也就表示這人的壽命即將命終。阿寶的壽命燭據說還很長，但不知為何最近的火越來越弱，好似一點點風也會讓火熄滅。

你曉得這火一旦熄滅，阿寶會發生什麼事吧？」

「他會死？」李成空不確定地回答，壽命燭這說法他曾聽說過，只是從不曉得人的壽命當真是這麼計算。

「正解，但是我們無法確定阿寶這壽命燭到底何時會滅，我們的工作就是不能讓他滅，阿寶必須活著，因為他是最後一任僅存的五位鬼差之一，可比稀有動物。」

孟婆的形容，讓李成空突然覺得余家寶很像動物園裡，被觀賞的熊貓之類的生物。

「你看屁啊。」余家寶受不了他的直視，忍不住吼道。

「我在看珍貴的稀有動物。」李成空不怕死地回嘴，眼看余家寶想起身罵人，卻被孟婆一手擋下要他乖乖坐好，在這女人面前，平日囂張的小鬼也不得不從，目睹這一幕的李成空頓時覺得大快人心。

「好了好了，李成空我現在要你幫一個忙。」孟婆敲敲桌子說道。

「什麼忙？不會是很糟糕的事吧？」李成空一臉就是怕惹麻煩。

「不會，我要你現在算出阿寶的死期。」語畢，孟婆又勾起那抹嫵媚的微笑，李成空盯著她的笑容，只覺得頭皮發麻，全身發冷不已。

第三章

預知死期的人

「紀信，把阿寶的生辰八字拿過來。」孟婆彈彈手指喊道，不一會兒，紀信又步上樓梯，手上多了一只紅包，裡頭夾著一張粉紅色的紙張。

「謝了，今天樓下客人很多，你繼續去招呼吧。」孟婆如是說道，又將紀信遣走。

「是。」但是紀信在離去前似乎相當不客氣地掃了他們倆一眼，對他們藏著些許的不滿。

「來吧。」孟婆不給他拒絕的餘地，從紅包袋裡抓出那張紙，好整以暇地攤平，上頭是用毛筆寫的字跡，余家寶三個大字就在紙張的正中央，一旁的小字就是他的出生年月日，連幾分幾秒出生都寫得清清楚楚，如此一來要核對算命也就顯得快速許多。

「真是的，從沒碰過這種委託。」李成空看著那張紙，扳扳手指認真地算起他的命盤，卻也不忘抱怨個幾句。

「你們既然在地府工作，應該可以算出他的命盤才對，怎麼會是我這個凡人來算？」李成空又瞪了余家寶一眼，心頭卻不停地默唸這人的生辰與姓名。

「我們只管一個人死後該往哪、投胎前該做什麼，至於人類的命運與壽命，可就不是我的管轄，地府只有一種人才可以知道。」孟婆又習慣性地敲敲桌子，留下神祕的伏筆引人好奇。

「那就是跟在閻王旁的判官，不過地府的閻王殿只有五處，也就只有五位判官，雖然聽說其中的第四殿已經長達百年沒有運作，原因不詳，世上只有這五位判官能完整掌握人們的命

運，同時他們各自分配不同的區域，不過啊……少了一殿運作，只剩四位判官，聽說已經連續加班好幾百年了。」

「哇靠，地府也這麼血汗工廠啊？」正在算命盤的李成空忍不住抬頭抱怨幾句。

「是人力不足，第四殿閻王一直不運作，就算找到判官也空談，就是因為這樣投胎程序才會出錯，有一些人都沒喝到迷魂湯，我們這裡也很困擾。」孟婆勾起無奈地笑意，這種祕密說出去的確會讓人笑掉大牙。

「所以就造成我們的麻煩啦！」李成空也跟著抱怨幾句，繼續低頭算命盤，這一算耗了五分鐘之久，期間他一直唸唸有詞，同時也始終眉頭深鎖的模樣，讓余家寶沒什麼耐性地拍拍桌催促。

「我說你真的很兩光，連算我的死期都要這麼久？難怪生意不好。」

「你安靜點行不行？也才花一點點……」他話還沒說完，突然一陣暈眩惹得他的身軀不住地搖晃。這感覺有點熟悉，前一陣子也發生過，當時他認為是自己貧血，當時他正替一個女孩算塔羅牌呢，話都還沒說完，這強烈的暈眩感就讓他中斷了好一陣子，但當時他的腦袋裡也空白了幾秒，等到穩定下來時，那女孩已經鐵青著一張臉直盯著他。

後來，女孩氣憤地走了，他覺得莫名奇妙，這塔羅牌算出的結果都還沒說完，當時的情況就跟現在一模一樣。

強烈的暈眩感就好像腦袋裡被放了一個閃光彈，一時之間，所有的記憶都是空白，等到這暈眩感平息，他這才恢復意識。

「算出來了呢。」孟婆看著他笑道。

「啊？還沒啊。」李成空覺得莫名其妙，剛才那陣暈眩感還帶點餘韻。

「你說了。」余家寶一臉鐵青地說，那模樣與當初那位女孩幾乎一模一樣。

「我說了什麼？」李成空放下手中的紙，揉揉眼睛好讓感覺舒坦些。

「你說我滿十八歲的那天就會死去，需要有個屬龍且子時出生的人陪伴在側才能化解。」余家寶臉色陰沉地說道，李成空卻還是一副莫名其妙的表情。

「我哪有說？我怎麼沒印象？」李成空一愣，他不可能健忘到這種程度，才多久以前說過的話，竟然會不記得？

「你說了唷。」身為證人的孟婆也舉手說道，這下可讓李成空啞口無言。

「你們不要一起整人啊。」許久之後，他不怎麼相信地喊道。

「李成空，你剛才的確是說了時間，當初曹子茵被你預言死期的情況完全一模一樣，同樣的事發生兩次就不能說是巧合。」余家寶鐵青著臉說道，原來被預言死期是這麼難受的事，要

不是孟婆在場，他早就沉不住氣衝上前揍人了。

「真是見鬼了。」李成空低著頭，比起剛才的暈眩感，現在這種不明就裡的狀況更難受。

「你可以說說你剛才是什麼情形嗎？在你無意識的情況下，算出死期的過程。」孟婆一副充滿興趣地問道。

「我怎麼知道？我突然一陣頭暈，什麼都感覺不到，他媽的我說了啥我都不知道，我真的開口了？」這時，他覺得那陣暈眩感又襲來了，只是這次像是心裡作用，他不喜歡這種感覺，一股強烈的反胃感讓他掩住嘴，臉色蒼白。

這該不會是被附身了吧？

「小鬼，你幫我看看我身上是不是跟了阿飄？你是鬼差，看得見吧？」他攀住余家寶焦急的問道，對方則是不怎麼客氣地拍掉他的手，皺起眉似乎不太喜歡別人這麼隨便地碰他。

「你沒有，身上乾淨得很，倒是我，你得解釋我的死期，還有什麼屬龍又子時出生的人，該怎麼找？」這邊，得知自己死期的余家寶也很焦躁，他才不管李成空怎麼算出這個答案，他要的是這個答案有沒有解決的辦法。

「我哪知道怎麼找？我只知道我自己就是屬龍又是子時生啦！你確定我沒被阿飄纏住？」李成空才不管那些，他只想知道自己是不是卡到陰了。

「你他媽的根本自肥，說我滿十八歲那天就會死，要找個人鎮壓，搞了半天就是你自己，你存何居心啊？」余家寶這會兒沉不住氣，直接站起身對他吼道。

「哇靠！什麼自肥？我沒這麼無聊自己找罪受，還是你根本找了個阿飄附我身要整我？」李成空也跟著站起身與他對罵，被夾在中間的孟婆已經覺得有些吵，伸出手指壓壓耳朵，有點擔心自己的聽力受損。

「我沒事做這種事幹麼？你整個被害妄想症很嚴重，快點去治療吧！兩光命理師。」

「靠！我這工作哪容得你來羞辱，我非要拿出我養父的名譽來跟你分出勝負才行。」李成空這會兒還挽起衣袖準備上陣，余家寶自然也不落人後，眼看兩人互相手推著手，再一下下就快扭打成一團之際，個子高瘦的紀信不知何時出現在他們倆身邊，不費吹灰之力地拉開彼此，並露出冰冷的眼神環顧在場三人。

「迷魂茶樓是神聖的地方，絕不允許你們這些凡夫俗子喧譁吵鬧。」紀信的力氣很大，一下子就將這兩個吵鬧不休的人推回椅子上，還不忘將視線落在始終處於看戲姿態的孟婆。

「孟婆大人，妳身為迷魂茶樓的主人實在不該放任外人這麼放肆，妳怎麼不阻止？非要他們打起來才開心？」紀信完全不管自己身為下屬的身分，反而像個嚴守紀律的軍人，對著自家上司不停碎唸。

孟婆這時的反應更是氣人，她伸出手指直接堵住自己的耳朵，一副不想聽的姿態，讓紀信氣得差點說不出話來。

「孟婆大人，請妳注意妳的言行舉止！」

「真是吵死人，左邊吵，右邊吵，你也很吵，我都快煩死了。」孟婆擰起眉低聲抱怨。

「孟婆大人，請不要讓我把話說第二次。」紀信瞇起眼威脅道。

「你們看看，有這種下屬我真辛苦。」孟婆緩緩放下手，一副委屈地說，尚在冷靜中的兩人則是無言地看了她與紀信一眼。

「就是來這種地方才會碰到這堆鳥事，早知道就不來了。」李成空撇過頭，拒絕與眼前的三人視線交流。

「我才無辜，孟婆大人是妳自己找他來，還算了我的死期，妳到底想做什麼？」

余家寶也做出同樣的動作，這兩人在這時竟然展露出默契來，全看在眼底的孟婆只是不停地輕笑。

「當然是把你們湊在一起，幫我們好好工作啊。」孟婆笑吟吟說道，完全不修飾自己的態度。

「搞什麼？我才不要……」李成空還想回嘴，卻被孟婆一個突然起身給嚇住。

「李成空聽令，阿寶的死期預計在一年後的生日，而你又剛好屬龍、子時，剛才也說了必須時時刻刻待在他身旁，阿寶才能化解死劫，這下總算解開他的生命之燭為何如此不穩，所以李成空，你從現在開始就是地府的職員之一，首要任務就是保護鬼差阿寶的性命，一旦違反，必定會將你所有命理的底子全數收回。」

李成空約莫五秒後才回過神來，正想出聲抗議時，那位安靜的下屬紀信已經拿出一張陳舊的紙卷攤在桌上。

「請簽下您的大名，入府的儀式即可完成。」紀信還遞上一枝沾過墨水的毛筆，一副早就恭候多時，理所當然的模樣倒是讓李成空氣得說不出話來。

「真好呢，以往要進入地府擔任職員可要經過許多測驗，可想而知你有多厲害。」孟婆還在一旁與他一搭一唱的，讓李成空更加生氣。

「你就簽了吧。」這會兒，余家寶也加入勸說的行列，所謂三人成虎就是這個意思嗎？

「如果我不簽會發生什麼事？」李成空瞪著那隻毛筆，完全沒有想動的意思。

「大概會走不出迷魂茶樓吧。」孟婆若無其事地說，還附帶一個相當漂亮的微笑。

「這是威脅啊！妳媽的……」李成空咬牙切齒地低語，完全沒有第二選項的情況下，他依舊沒有動筆的意願。

「簽了不會發生什麼事，迷魂茶樓可以當你的後盾，而且……」余家寶這時搔搔臉頰欲言又止，這倒讓李成空覺得新奇，沒想到這個狂妄的小鬼會露出害羞的這一面。

「我想活下去，被宣判短命的事實，心裡很難受。」余家寶低頭鬱悶地說道，這番話很真誠，似乎也悄悄打動原本不為所動的李成空。

李成空帶著一絲憐憫的眼神盯著余家寶，想想也是呢，莫名其妙被判了壽命終結的那天，簡直就像被醫生告知得了絕症一般，不過現況還是有得補救。

「好啦，我答應你們的條件就是。」最後，他還是妥協提起筆準備簽下自己的大名，就在筆尖沾到紙面時，他突然又抬頭問道：「之前這傢伙說，會幫我找一個熱門的算命攤位，這也在條件之內吧？」

孟婆這時看了他一眼，不禁勾起一抹笑意。

「人類真的是一種很懂得精打細算的生物。」她悠悠地嘆了口氣，與她談過條件的人類不再少數，往往也得看內容才能取捨該不該答應。

「這當然沒問題，你也得在答應我一個條件。」孟婆完全禮尚往來，要談一個彼此都能皆大歡喜的結果，得花點時間才行。

「說吧。」李成空開始懷疑這根本是賣身契。

「你得跟阿寶一起住，這樣才算是時時刻刻守護他的意義，當然住處我們會替你張羅，吃住都不是問題。」

「你們開的條件越來越過分耶！」李成空偷看了余家寶一眼，一想到要跟這傢伙朝夕相處，他頓時覺得頭好暈。

「好啦，答應就是了。」這時他大筆一揮，簽下自己的名字，當李成空三個字落在紙張上後，竟然傳來陣陣的微弱光芒，就像在向他宣示契約成立。

「確實收下您的契約，從此刻起您就是迷魂茶樓旗下的員工。」紀信立刻收回紙張，一副公事口吻地說道，雖然那模樣依舊高傲，退下時不忘向他們行禮，這才消失在眾人面前。

「我的天啊，累死了。」李成空往桌上一趴，整個人呈現疲憊不已的狀態，他怎麼會來這裡？又怎麼會發生這種事呢？

這些問題再怎麼想都是無解，他決定不再想，要是可以他真想好好睡一覺，說不定一覺醒來之後，這一切根本是個夢，全都會回到往常一樣，他不認識余家寶，攤子也不曾被砸過，更別提自己亂預測死期這件事。

「你如果累了，可以先回房間睡，你跟阿寶未來要住的地方已經整理好，要今天住進來也行。」

「啊？」李成空頓時坐直身軀，這發展真夠快速，快得他措手不及。

「阿寶今天已經搬進來了，你要不也一起吧。」孟婆看了看外頭，又對他勾起一抹好看的微笑。

「天色很晚了，你乾脆在這裡住，反正往後就是住這裡，現在先習慣吧。」

於是，孟婆擅自決定他們得在迷魂茶樓留下，不得反抗，後來李成空總是把這裡稱作是員工宿舍。

孟婆替他們準備的房間在迷魂茶樓的最頂樓，雖然外觀是破舊的木造老房子，這頂樓的整體設備還不錯，木造的地板上有一張設計成上下鋪的床，李成空一看，上鋪已經被擺上個人用品，自己不多說直接選擇下鋪就寢，這房間的確是剛整理出來的空間，裡頭除了床被以外還有一台平面電視機，除此之外什麼都沒有，房間外頭有一間浴室，設備還算齊全，下鋪躺起來也算舒坦。

李成空洗把臉之後就往床鋪鑽去，他雙手當枕頭，交疊在自己的後腦杓，打了個大哈欠，睡意漸濃，意識迷迷糊糊地想著不知道醒來後茶樓有沒有提供員工餐，就算沒有他也要去吵鬧蹭碗飯吃才甘心。

這時，他看見余家寶緩慢地爬上上鋪，似乎也感到疲倦而全身搖搖晃晃地，始終注視著上方的李成空，可以感覺到上鋪的人也已經鑽進被窩裡準備睡覺。

「嗨，室友。」李成空含糊地招呼著，雖然兩人水火不容，但是畢竟往後得一起生活，基本的招呼還是不可少。

「嗯。」余家寶沒多說什麼，還將自己鑽進被窩深處，折騰了一整晚他的確也倦了。

「那個……我說你啊，怎麼這麼相信我說的死期？連我自己都不記得耶。」李成空怎麼想都覺得神奇，而且少年這麼的高傲，卻在這件事上輕易妥協。

「我是為數不多的鬼差之一，我想活下去，繼續執行我的任務，我對壽命這種事很敏感，尤其孟婆都深信你算得出人類的壽命，我自然也信。」

「哦……」李成空有些茫然，余家寶意外地相當聽地府人員的話呢。

「……李成空，以後就要麻煩你了。」

余家寶輕聲地說道，這話裡有著濃濃的想活下去的期望。

◇◇◇

隔天一早，恰好是星期六，余家寶不需上課的日子，這兩人睡眠充足，一臉神清氣爽的狀

態下，由紀信安排直接前往李成空未來要擺攤的地點探勘。

他們挑的地點讓李成空有各種意見想反應，但礙於紀信那張足以冷死人的眼神，他只好將所有的感想往肚裡吞，唯獨跟去的余家寶不怕死，一看這場地忍不住出聲抱怨。

「你們把地點設在菜市場有什麼用?這裡只有一堆想來買菜的婆婆媽媽，殺價都來不及了，哪有閒情逸致要算命？」余家寶看了看地點，對面賣菜左邊賣小吃，這位置恰好在一個小小的騎樓裡，雖然算是個店面，但是與其要在這裡擺攤算命，不如賣雞排還有得賺。

「我第一次想認同你。」站在一旁的李成空有些鬱悶地說道，一想到這裡是自己的攤位，內心可真是五味雜陳。

「這裡是孟婆與城隍大人為您精挑細選的場所，雖然無法保證生意蓬勃，但是維持基本人潮一定有。你可別小看這裡，這裡可是上一任土地公的根據地，是個福地。」紀信完全不理會他們的抱怨，依舊姿態高雅。輕輕地按下鐵捲門的開關，這個未來的命理攤位才緩緩地在他們面前現身。

李成空看著屋內的模樣呆愣許久，撇開地點不談，整個屋內感覺還不錯，格局方正，空間不小，後面還有個衛浴隔間，除此之外，交通的確相當便利，這麼好的位置應該如余家寶的意見，賣雞排比較有得賺啊！

「這裡真不錯。」已經站在屋內的李成空繞了一圈，憑良心說道。
「當然，是城隍爺替你們選的。」紀信提起這個不曾露面的神祇，似乎咬牙切齒了一下。
「你就先幫我跟他說聲謝了。」余家寶很冷靜地說道。
余家寶始終面無表情，李成空覺得新奇，雖然已經看過孟婆本人，認為再看見任何事都不覺得奇怪，但是這個傳說中的神明，怎麼聽他們你一言我一語說，好像在聊隔壁鄰居老王一般的近距離。
「你有空就去城隍大人那裡一趟吧，他常念你最近鮮少過去。」紀信站在門口，語氣不輕不重地說道。
「難怪我覺得耳朵癢。」余家寶掏掏耳朵，對於城隍大人似乎沒有尊敬的成分。
「你跟那個……城隍到底多熟啊？」李成空聽他們左一句城隍右一句城隍，不免好奇。
「相信我，你以後有得是機會認識他，而且你會後悔認識他。」
余家寶說完之後，站在門口的紀信認同地點點頭，這下讓李成空更加困惑，能讓這兩人有共同想法的人，個性想必也是相當棘手吧？
「謝謝你們的提醒，我會注意。」
「好了，既然我要先回茶樓，這裡要怎麼處理，請隨意。」紀信將遙控鎖交給李成空後，

一個微微的行禮便轉身沒入熱鬧的人群中。

李成空望著他遠去的方向好一會兒，又低頭看著手中的遙控鎖，雖然剛才一直吐槽地點不太妥當，但是能獲得這麼一個空間擺攤還不用繳房租費，其實是一件相當開心的事。

師父啊，我終於又能繼續延續您的工作了。

李成空掐緊遙控鎖開心地默念，一旁的余家寶倒是有些無聊地這裡摸摸那裡摸摸，最後看著外頭人來人往的街道，似乎也挺喜歡這個環境。

「你這命理攤什麼時候開張？」他問，不知不覺對李成空也沒這麼討厭了。

「挑個良辰吉日，我翻過日子，下週六日子不錯，那天超商排休，非常完美的日子。」

李成空深呼吸口氣，開始想像屋內該如何擺設，他想師父那張老舊的算命桌、羅盤、桌巾，甚至是八卦圖都能從倉庫裡拿出來好好曬曬太陽，以便下週上工使用。那些被他塵封已久的命理道具終於可以派上用場，師父那本破舊的萬年曆也得拿出來才行。

「這家命理攤要叫什麼？」余家寶又問。

「延續我之前的攤位名稱啊，空空命理。」李成空挺起胸充滿自豪地說道。

「這名字一聽就覺得很不準，你確定？」余家寶擰起眉，這傢伙真沒有取名的才能。

「我確定，不准再說我的命理不準。」李成空有些不悅地吼道。

「行行行，我肚子好餓，我們去路口的麵攤吃麵好了。」余家寶又往外看，決定了今天的午餐。

「哇靠，怎麼都你決定？有沒有問過我的意思啊？」李成空很不滿，從小事情裡就能看出，他不喜歡余家寶老愛自作主張的風格。

「我請你吃啦，慶祝你攤位開張，總行了吧？」余家寶摸摸肚子，飢餓難耐地說。

「哦？這還差不多，走吧走吧。」一聽到對方要請客，他笑得樂開懷，連忙推著對方往外走，順道按下鐵捲門開關。

他的確肚子很餓，至於「空空命理」開張的事前準備，晚點在來繼續張羅，一想到此，他的心情極好，往前走的步伐看起來都極為輕快，他甚至還能哼著歌。

雖然這兩天發生一堆怪事，但是現階段他至少覺得挺舒服的，要是能因此轉運一切就更棒了。

說到轉運，他或許可以回去算算，自己的流年是否有些好轉，雖然算起自己的命底向來不怎麼準確，但是偶爾算來安慰自己，也是一件小確幸。

「你最好吃飽、養好精神，晚上你得跟我去執行鬼差的工作。」余家寶回頭看了他一眼，這番話無疑是對他潑了桶冷水。

「為什麼我也得跟啊？」李成空停下腳步，吃驚地喊道。

「因為契約上寫得很清楚，只要你跟在旁邊，我就安全無虞，所以往後執行鬼差的工作時，你必須跟著我，否則你的命理攤哪能重新開張？」

李成空愣了一下，這會兒才意識到昨晚簽下的契約真正含意，如今他也不能回頭，更何況他已經接收迷魂茶樓替張羅的新店面。

「我真有一種誤上賊船的強烈感覺。」李成空不免嘀咕著。

「以後這種感覺你會更強烈。」余家寶勾起一抹笑，一副過來人的口吻說道。

◇◇◇

鬼差上工的時間通常是晚上十點至凌晨三點這段時間，但是以余家寶的能力，大部分都是午夜十二點以前完成，不是他工作能力好，而是他單純不喜歡熬夜。

「我正值成長期，老是熬夜會長不高。」當時一邊喝著牛奶，一邊看著電視的余家寶，如是說道。

坐在他身旁以泡麵當晚餐的李成空，先是稀里嘩啦地吃下一大口麵，接著打量他全身上下一會兒。

他目測這傢伙的身高大約在一七四左右，以一個正在成長期的高中生來說算是中等，但是以他自己將近一八〇的身高來說，的確是矮了些。

「鬼差真辛苦唷，還要兼顧成長期的困擾。」李成空看著他的眼神相當憐憫。

「別吵，別以為當鬼差很輕鬆，我勸你現在先睡一覺，九點就得出門，兩個小時內得完成今天的任務，你不要扯我後腿。」余家寶很不開心，他明顯感受到這人在比較雙方的身高，最氣人的是，李成空比他高的事實。

「我怎麼扯你後腿？我一定會躲得遠遠的，反正只要做好看著你的工作就行了吧？」吃完泡麵的李成空往沙發椅背靠著，瞇起眼的確想睡一會兒。

「你到底懂不懂守護的意思啊？」余家寶沒好氣地問道，但是看見對方已經完全進入睡眠狀態，他索性閉嘴憋了一肚子的氣。

「跟這種人計較，真的會氣到折壽。」余家寶打了個哈欠，同樣閉上眼並偷偷碎念幾句。

「偏偏要這傢伙在，我才有活著的機會，真諷刺。」一想到這個事實，他也只能嘆口氣，同時他也在心底估算著時間，現在是晚上七點，預計出門的時間還有兩個小時，小睡一下補充點體力也好，同時他也得想想多帶一個傢伙出任務，是該如何準備道具才好。

◇　◇　◇

「所以，你就讓我戴這個安全帽？還有這個可笑的塑膠手套跟雨鞋？我們是去當鬼差，不是去參加鹽水蜂炮吧？」李成空的穿著跟白天一樣，唯獨不同的地方，就是手上多了一雙洗碗用的塑膠手套，以及一雙黃色的塑膠雨鞋，手中則是抱著一個全罩式安全帽。

「這是我想到你能安全的辦法，還是你想穿我家祖傳的蓑衣？」余家寶一邊著裝一邊認真地問道，雖然他跟李成空不怎麼對盤，但是基於希望大家都安全的情況下，他可是設想了許多。

「不，我不想，這樣就好。」李成空抱著安全帽明確拒絕，那模樣實在太蠢，而且余家寶太過認真，要是自己隨便答應，這傢伙一定會執行。

「好，那就走吧。」余家寶看他全身裝束是達安全標準，自己則是低頭在腰間纏上一條麻繩，繩子上頭拴了幾個小風鈴，打繩結的地方則是用張長條狀的符咒纏了幾圈，他的打扮很平常，短袖上衣加上牛仔褲，唯獨突兀的地方就是腰間那條麻繩。神奇的是繩子上的風鈴完全靜止，就算他緩步而行也不為所動。

「你綁這條繩子到底有什麼用意啊？」跟在後頭的李成空，忍不住看著他腰間的繩子，他們就這樣一前一後的走過好幾條街，至於要目的地是哪，他也無從問起，只能跟著余家寶走。

「結界，只要順利把鬼魂引渡到身體裡，有了這條繩子阻擋，他們絕對逃不出去。」余家寶摸摸繩子，相當自豪地說道，後頭的李成空卻覺得有些毛骨悚然。

「把鬼裝進自己的身體裡，到底是什麼感覺？」李成空對於他說得這麼坦然自若，總覺得有些不正常。

「鬼魂會在身體裡橫衝直撞，大概就像有上千顆小球在血管四處奔竄，會有點痛，不過只要他們被引渡回地府，一切就沒事了。」余家寶認真地回想過程，後頭的李成空卻已經覺得不太舒服。

「真虧你受得了……」他拍拍胸口說道。

「因為我是鬼差，這點小事是必經之路。」余家寶回頭笑道，全看在眼裡的他倒是一愣，不知怎麼地，他覺得這麼燦爛的笑容，看起來卻怎麼有些悲哀呢？

「好吧，你注意安全就是。」李成空對於上回對方渾身是血的記憶依然深刻，對於未知的過程自然也感到不安。

「你到底要帶我去哪？」不知不覺，他們已經走了快一個小時，過了好幾個街口，現在似

乎正往半山腰的住宅走去。

「這附近有一棟很老舊的大廈，其中一層已經有五、六年沒住人，裡頭據說流竄著不少孤魂野鬼，業主希望能快點將那裡清空，以後好租給別人住。」

余家寶大概說明著，李成空聽得很認真，卻覺得好像聽到一個很不得了的鬼故事，背脊都覺得有些發涼。

就在這時，余家寶停下腳步往前一指，李成空往前看去，心裡警鈴大作。

……完完全全是個很不妙的地方。

他倒抽一口氣心底暗暗地想著，要是可以他真想轉身逃跑，但是余家寶卻已經一步向前，走到大廈的門口。

「這裡哪有五、六年沒住人而已？根本已經荒廢了吧？」

李成空所見的是一棟高達十層樓的住宅大樓，中間有個庭園，整個大樓是採用回字形建造，每一層約有五至六戶的樣子，他們兩人就站在中庭裡仰頭望著。

不知是不是心裡作用，他覺得中庭裡傳來陣陣的陰風，這大樓一點光亮都沒有，連他們的腳步聲都能聽得一清二楚。

「管這麼多？總之，這裡現在只住少部分的人，因為一般人都能感受到這裡不平靜，業主也想賺錢，只好去城隍廟求救，於是城隍大人就欣然接受這個委託了。」余家寶扳扳手指，一副隨時都能上陣的姿態，跟在後頭的李成空終於覺得有些緊張了。

「好了，你會怕的話，快戴上安全帽。」他們慢慢爬著樓梯，這棟大樓年久失修，就連電梯都殘破不堪，只能這麼一步一步往上走，余家寶要前往的樓層似乎很高，當他們抵達八樓時，李成空早已被身上厚重的裝備搞得氣喘呼呼。

「余家寶，你等等，等等。」李成空一副體力透支的模樣，一手撐著牆壁喊道，順勢推開安全帽的護目鏡，那眼神看來相當疲憊不堪。

「我可以先把安全帽拿下嗎？不然的話，我覺得我會死在這裡。」李成空一副隨時都會倒下的狀態，全身冒著汗與這陰風陣陣的大樓完全是對比。

「可以，只不過爬八層樓就喘成這樣，你平常沒在運動吧？」余家寶完全用著鄙視的眼神回敬他。

「哇靠！你自己試試看穿成像我這樣爬樓梯，簡直跟減肥營沒兩樣。」李成空摘掉安全帽，滿頭大汗地說道，他這一趟大概可以瘦個兩公斤沒問題。

「我就說你缺乏運動。」余家寶一副臉不紅氣不喘，相較之的確看起來遊刃有餘。

「我說你啊——」李成空正想開口反嗆回去時，余家寶腰間的風鈴突然響了起來，明明沒

有風卻劇烈搖晃著，好像有人抓著風鈴猛力搖晃，在寂靜的走廊上造成相當大的回音，這聲音聽在李成空耳裡，頓時覺得毛骨悚然。

「來了。」余家寶將李成空往自己的身後推，立刻進入戒備狀態，他腰間的響鈴始終沒停過。

「什麼？什麼來了？」李成空很沒用地躲在他身後，明顯感受到氣壓變得有些古怪。

「這裡的原住戶。」余家寶邊說邊從自己的背包裡抽出桃木劍，準備迎戰，李成空還沒反應過來，他已經衝上前去跟那些「原住戶」打招呼了。

第四章
抓鬼實況

余家寶的動作很俐落，看在李成空眼裡完全像是電影武打明星一樣的姿態，只是他腰間的風鈴依舊不停地搖動，太過不正常也令人不安。

不知道是不是錯覺，李成空覺得四周的風聲越來越強大，甚至聽起來像鬼哭神嚎一般，讓他打從心底不舒服。

「喂，我能跟去嗎？」落單的李成空覺得越來越恐懼，試圖過去看看余家寶的情況。

「先別過來。」余家寶則冷冷地回，他闖進其中一間屋子，似乎傳來打鬥的聲音，桃木劍像是砍在肉上的撞擊聲，但是這屋內應該沒有人在才對，李成空探頭好奇望著，那聲音很清晰，依舊伴隨著哀嚎聲。

「這倒底是什麼狀況啊……」

就在這時，李成空聽見了連續好幾下的撞擊聲，像是人被拋往牆邊撞擊的聲音，起先還能聽見余家寶的聲音，這會兒卻突然都聽不見，這讓他開始擔心對方的安危，要讓這傢伙平安地活下去，可是自己的使命，他怎麼能坐視不管？

「唉，你還好吧？」李成空站在原地不安地喊了一聲，但是並未獲得任何回應，他又躊躇了好一會兒才鼓起勇氣往前查探。

「阿、阿寶……你還好嗎？」李成空還是有那麼一點怕，他靠在門邊又問了一次，這會兒

第四章 抓鬼實況

依舊沒聽到對方回應，反而傳來陣陣的粗重喘息，要不是因為現在處於非常時刻，否則他真懷疑這屋內是不是發生了十八禁的場面。

「你——」他探頭一看，當下立刻倒抽一口氣，他不太確定自己眼前所見是否真實，在伸手揉眼、捏臉，感覺得到痛之後，才確定這一切並不是夢。

有個半透明的女人，只穿著無袖細肩帶上衣，還有一條短到不行的褲子，跨坐在余家寶的身上，而他則是很狼狽地仰躺在地上被這女人壓住，完全動彈不得，而他腰間的風鈴還是不停地搖著、響著。

「哇靠，那是鬼嗎？」李成空呆站在門口，看著此番場景始終不敢相信自己所見。

「你有時間說廢話，可以來救我嗎？」余家寶勉強抬起頭來對他這麼喊道，跨坐在他身上的女人力氣驚人，雖然那些麻繩疑似在她身上造成像是燙傷的痕跡，還滋滋作響，但是女人根本毫無畏懼，直接掐著他的脖子一副要置他於死地。

「我、我要怎麼救啊？我第一次這麼清楚看到阿飄，我都快嚇哭了我。」李成空慌亂地說道，他都快懷疑自己看到的只是3D投影，但是女人的表情姿態全都清清楚楚地展現在他面前，說是假的，他說服不了自己。

「你跟著我念，雙手食指、拇指互相交抵，比出一個三角形，小拇指指向我。」

李成空慌慌張張地照他的指示勉強比出手勢，但是他不懂這麼做有什麼效果。

「『閻羅敕令，速捉鬼精，吾奉地府律令，速速降伏』唸三次。」

「啊？照著念沒問題？你確定我行？」李成空對這咒語有些陌生，但是聽得出來是抓鬼咒的一種，這可是不能外傳的咒語，而今臨時交給他真的沒問題嗎？

「你快照做，別拖拖拉拉。」余家寶被勒到快缺氧，偏偏這人又開始婆婆媽媽起來，令他感到焦躁。

「好好好……」李成空這時深呼吸口氣，照著他的指引唸出這些他陌生的字句。

「閻羅敕令，速捉鬼精，吾奉地府律令，速速降伏。閻羅敕令，速捉鬼精，吾奉地府律令，速速降伏。閻羅敕令，速捉鬼精，吾奉地府律令，速速降伏。」

一口氣唸完的李成空還有些喘，這時他還沒反應過來，這半透明的女人突然鬆手，然後發出更恐怖的哀嚎。女人突然被拉起，雙手突然抬高、併攏，好像有著不知哪來的外力將她往上拋，接著她的身上開始蔓延著紅色的網狀光芒。這些光芒像是熾熱的火苗，女人身上又傳來烤焦的味道。余家寶也在這時得以脫身，他這次抽出一塊黃色的布條，往女人身上拋去，黃色布條纏住了她的脖子，接著他將黃布條抽回，女人立刻朝他衝去。僅僅一瞬間而已，這個半透明的身軀就這麼沒入余家寶的身體裡，哀嚎聲逐漸消失，余家寶纏在腰間的風鈴也突然靜止，一

切變得靜悄悄的，只有他一個人低頭，彎著身不停喘氣，他的表情看起來相當痛苦，身上又出現各種被刀傷、毆打過的傷，李成空站在一旁眼睜睜地看著這一切發生，卻什麼也做不了，約莫過了五分鐘，余家寶這才平息下來，抬起頭看著他。

「好、好了？」李成空不確定地問道。

「大概是。」余家寶拍拍身上的灰塵，一副若無其事的樣子。

「什麼大概是？你給個明確的答案行不？」李成空沒好氣地反嗆。

「沒事了，剛剛那傢伙順利關進我的體內了。」他指了指自己的心臟說道，李成空則是用著相當古怪的眼神直盯著他。

「阿寶，我不喜歡自己完全狀況外的立場，你最好解釋一下。」李成空頓了一下繼續接著補充：「念在我救了你一命。」

余家寶瞇起眼，一時之間沒有回應，但是眼底浮現出一絲不爽快，這傢伙真的是他看過最會鑽小便宜的傢伙，連這種情況都會想辦法威脅別人。

「這裡曾經發生過很嚴重的氣爆，起點是這一戶，而這裡曾經是一個私人護膚店，我想你不笨，這裡幹的事情，絕不是多正當的生意。

當時店內有四女五男，包括兩名看守的男性，一共十一人擠在這裡天天從事非法交易，就那麼一天這裡不慎引發嚴重氣爆。當時一共造成九人死亡，其中有四個人當場死亡，打從發生那件事之後這棟大樓的地價一直往下掉，就算賠錢出租也沒人要，大樓的擁有者快煩惱死了，找上城隍大人處理，當然就由我接手。今天之內要將這四個鬼魂收服，當然給的酬勞也不少，不會虧待你。」

「哦……原來我還是有錢賺啊？我還以為是來做白工哩。」一聽到有酬勞，李成空很直接地笑開了臉，想來迷魂茶樓跟地府的人挺不錯嘛。

「那麼，剛才是其中一個？」李成空看看他的心臟，一想到有個阿飄被關在這傢伙的體內，還是覺得有些新奇。

「還有三個，我看你能力還不錯，在有限制的條件下，縛鬼咒念得挺順的，接下來你就繼續幫我吧。」余家寶拍拍他的肩膀，雖然不太喜歡這傢伙太過現實的個性，但是論能力是可以信任的人。

「什麼叫做有限制的條件下？」李成空看他又往外走去，丟下這麼一個令人懸念的話，不在意也難。

「念縛鬼咒有些限制，尤其成年男性不一定每個人都適合。」余家寶看看屋子內已經沒有任何鬼魂的氣息，繼續往下一個空房走去。

「哦？什麼樣的條件？你這麼說，讓我覺得有點了不起啊。」李成空緊跟在後頭，難掩笑意地說道。

就在他們要走進下一個房間前，余家寶突然停下腳步回頭看著這個頂著全罩式安全帽的傢伙一眼。

「念抓鬼咒、縛鬼咒有個規定，必須是男性，必須保有童子之身，關於這點我猜的沒錯，你雖然已經二十二歲，戀愛經驗一定是零，搞不好連女孩子的手也沒牽過，所以剛才的縛鬼咒才能這麼順利。」余家寶很冷靜地解釋，聽出弦外之音的李成空倒是一愣，頓時覺得被這傢伙恥笑了。

「而且，根據我爺爺的說法，越是年長，越是能維持童子之身的人念咒威力更強，請你繼續保持吧。」余家寶輕輕一笑，立刻跨進另一間空屋裡，李成空這會兒徹底氣炸了。

「你這傢伙是不是笑我是處男？你媽的，你以為我願意啊？啊啊啊？為什麼我要在這裡受這種屈辱？我、我可是你的救命恩人，你、你、你真的是太過分了。」李成空很不開心地在他身後怒罵，隔著一頂安全帽下，似乎還能隱約聽見哭腔。

他真不想承認自己被這傢伙氣得想哭咧，嗚嗚……

「開始下一個抓鬼工作前，你先背好這幾個主要咒語。」余家寶走進下一間空屋前，突然轉身塞給他一本破舊的筆記本。本子很小，一個掌心就能拿著，李成空接過那本冊子，覺得莫名其妙。

「這啥啊？」

「你拿好，這是我們家祖傳的咒語手抄本，丟了我就揍你。」余家寶回過頭直指著他叮嚀，那抹眼神嚴肅又銳利，一副當這本冊子是寶物一般。

「哇靠，你對你的救命恩人真的一點都不客氣耶。」他掐緊冊子，一聽到這傢伙越是這麼說，他越是有想往地上摔的衝動。

「你繼續拖拖拉拉下去，我們會一起在這裡送命。」余家寶這麼凌厲一瞪，這才讓李成空收斂些，他低頭翻開手冊裡頭有幾頁已經被折起，他輕易地就翻到那些做過記號的地方。

「縛鬼咒、抓鬼咒、枷鬼咒、燒鬼咒，這四個你先記好，記不得也翻出來念，這四個是目前最好用的咒語，你可以判斷情勢使用。」余家寶走進屋內後開始查探四周的情況，這間屋子比起剛才那間屋子還要來得焦黑、髒亂，甚至還傳來一陣陣的奇怪惡臭，這讓李成空站

在門口就不想繼續往前，對方則是毫不在意地四處繞繞，約莫過了五分鐘，他身上的風鈴始終靜止不動。

經過剛才的狀況，他大概能判斷出這幾個綁在麻繩上的風鈴就像探測器一樣，只要有阿飄出現，這些風鈴就會響個不停。

「唉，這裡好像什麼都沒有啊，要不要去別的地方看看？」李成空看看時間，他們已經在這個房間耗了快十分鐘，他記得今天得抓到四隻阿飄，如今才抓到一隻，按照這種進度，想在午夜十二點以前完工，實在相當有難度。

「不，一定在這裡。」余家寶這時站在屋子的中央，不知哪來的自信說道。

「你到底有什麼根據？」李成空還是不願靠近他，狀況越不明，越讓他不想冒險。

「這裡陰氣特別重，而且因為氣爆而死的人，無法離開他們生前最後待的地方。」

這時，李成空還想追問，余家寶卻突然轉身看著他，伸出手指抵在嘴唇上，要他安靜。

就在這一瞬間，不知哪來的風吹響了他腰間的風鈴，頓時進入戒備的姿態。響鈴這次來得又猛又烈，好似要把風鈴給搖碎一般。

李成空這下更想逃了，這次他一口氣看到三個白影想顆球一樣在這屋內到處流竄，余家寶就在這些白影之中，目光凌厲地追著他們跑。

「我的媽啊……」李成空親眼看見這些白影之中，有個模糊的人臉，看起來應該是兩男一女。每張臉雖然模糊，但是隨著他們越來越瘋狂地到處衝撞，火燒過的焦黑味也就越來越重。

「你看好，別亂闖進來，現在很危險。」余家寶再次抽出背在背包上的桃木劍，隨著他每揮舞一次，這些白影都會發出燙傷般的滋滋響聲。李成空這次學乖，立刻翻開手上的冊子，努力背起他交代的咒語。

像這種時候該用什麼咒語才好？

抓鬼？縛鬼？真糟糕，他無法判斷，果然還是需要有經驗的余家寶才行。

「你什麼都別做，站在那裡就好，聽我指示。」余家寶伸手狠狠甩了一下，三顆不停跳動的白影立刻被穿過，隨即傳來刺耳的哀嚎聲，讓李成空不禁伸手摀起耳朵。

「這聲音真夠噁心……」他低著頭試圖逃避這種不屬於現世的聲音，偏偏那聲音好像就在耳邊，而且似乎還離自己越來越近，越來越近……

「別動。」余家寶這時提著桃木劍朝他指去，劍尖就在他的眼前，李成空不明就裡，也真的不敢亂動。

「怎、怎怎怎麼回事？」李成空總覺得自己再動個，就會被這人給打爆頭，雖然眼前還有個安全帽當保護，但是不安全感還是相當強烈。

「你別亂動就對了。」這時，余家寶將劍尖輕輕地往一旁挪去，就在他耳邊清楚地聽見火烤的聲音。如果沒猜錯的話，其中一隻阿飄就在他的耳邊，距離這麼近，他竟然沒有感覺？

「天火、地火、三昧火，雷火、電火焰光騰，燒煉！降伏！速！」

李成空還沒反應過來，他身邊頓時覺得傳來相當驚人的熱度，這下讓他不得不轉過去察看，這一看差點嚇掉他半條命。

一張被火燒得焦黑的臉，離他不過幾公分，半毀的臉、猙獰的哭喊，雙眼更是明顯地凸起，他可真沒想到鬼也可以長得這麼醜。

「我的媽啊……」李成空一陣反胃，除了這張恐怖的臉，還伴隨著焦黑的味道，讓他直覺不舒服。

「想讓他盯上你，你就盡量說話，盡量動啊！」這邊，還忙著收服這隻鬼的余家寶沒好氣地提醒，這種關鍵時刻這傢伙還能這麼狀況外，也算是一種技能了。

「唔……」李成空立刻閉上嘴巴，一時慌張還跟著憋氣，約莫五秒後才想起對方是阿飄不是殭屍，心底罵了幾次自己是笨蛋之後，才重新繼續呼吸。

余家寶這會兒也無暇管他，剛才唸完咒之後，原本焦黑的味道越來越濃烈，余家寶這時從背包裡抽出一捆紅繩，朝他身旁拋去。這紅繩早就被捆成一張網，繩網一散開之後，直接包圍住那顆被熊熊火焰包圍的球體。這下熱度更強烈了些，李成空不得不往後退了幾步，這會兒他才看清剛才身旁的全貌。

原本他以為是個球體，但是余家寶撒出的紅網包住的是一個成年男性的軀體，那人還不停地扭動掙扎，原本環繞在他身上的火焰已經全數消失，取而代之的像是燒烤過的黑煙繚繞。

余家寶就這麼站在那處看著男人，從猛烈掙扎到奄奄一息，比起剛才跨坐在他身上企圖掐死他的女鬼，這隻顯得比較好收服。

正當李成空以為余家寶準備出手時，他卻轉身朝著另一個地方拋出紅網，這次不需要念咒，很輕易地又捕獲另一隻鬼，紅網捆出來的形狀，則像個少女。

「你怎麼、怎麼知道那裡還躲一個？」李成空可真是大開眼界，同一空間下卻得聽著兩種不同語調的哀嚎，雖然很難聽但是久了也會習慣。

「這兩個是一起的，生前……我不用多解釋，你應該猜得到。」

「哦——」李成空立刻表示理解，畢竟這裡曾經是非法性交易場所，案發當時可能正在進行什麼事，很容易理解。

「好了，你再退遠一點。」余家寶收好桃木劍對他說道。

「哦，好……」李成空不多問，這會兒倒是很聽話地直接退到門口處。這次抓鬼的過程比剛才順利許多，他只是將紅網收回來，摸了幾下就讓這兩隻鬼從他的腳底竄進身體裡，原本鼓起的紅網立刻消退，落在地上。

只是，這一瞬間，李成空親眼看見余家寶低頭面色鐵青，努力調整呼吸的痛苦模樣。正當他想開口詢問時，余家寶突然摀住自己的肚子跪了下來，接著手臂、上衣開始浮出血跡，臉上也開始出現擦傷的痕跡。

李成空這會兒完全看傻了眼，同時也想起最初他渾身是血躺在超商門口的模樣。

「喂……你還好吧？」親眼看到這些莫名傷痕出現在身上各處的李成空，連忙上前扶住他問道。

「還好，這兩個反而被收服後不安分，再等等……」這會兒，余家寶竟然流鼻血，李成空一慌，從褲子口袋裡掏出一張面紙摀住他的鼻子。

「這樣叫做還好嗎？全身都是傷，還叫好？」

「你別吵！」余家寶倒抽一口氣，突然閉起眼全身顫抖了幾下之後，接著又靜止不動。

「喂，你別嚇人啊……」李成空扶著他的肩膀依舊慌張不已。

但是，余家寶依舊低頭不說話，好不容易緩過氣來，身體裡的騷動也趨於平靜之後，他才起身一副沒事的姿態看著李成空。

「好了，這是正常現象，你得習慣。」他抹抹身上的血平靜地說道，對於身上這些被鬼衝撞出來的傷痕，他毫不在乎。

「一般人很難習慣這種事吧？」李成空有些惱怒地大吼，不知為何他對於余家寶老是這麼坦然面對自己的命運，感覺有些生氣。

這些地府的人到底把鬼差當作是什麼工作？在他看來只是利用活人可以抓鬼，省掉他們一個麻煩的職業罷了。越是這麼想，他越覺得余家寶真的是個傻子，作為一個可以算他人未來的命理師，為的就是希望找上他的人可以改變命運，儘管自己的能力永遠不及養父，但是這個初衷他可從沒忘記。

余家寶會甘願要他跟在旁邊，也不過就是希望自己能活下去，這就是每個人對命運的看待方式，但……他真心不喜歡鬼差的工作內容。

「你生氣什麼啊？工作還沒完呢。」余家寶對於他的發怒感到莫名其妙，心想難倒是自己渾身是傷，讓他覺得礙眼？

「我說這種危險的工作方式，不能申訴嗎？好歹我在超商碰到不爽的事，還可以跟店長投訴，你、你這個可以申訴吧？太不合理了啊！」李成空有些抓狂地追問，再進行下去，就算他在身邊，這孩子一樣也會死。

「哦？就說幾百年來都這麼幹，不用申訴啊。」

「哇靠！這是壓榨好不好？傻孩子，你被地府的人利用了，你不要這麼順從接受自己的命運好不好？我看你每次都傷成這樣，我都嚇死了我……」

「你這人其實挺會關心人的嘛。」余家寶盯著他好一會兒，露出淺笑這麼說道。

「我、我這不是關心，我只是想替你申訴。」突然被真誠誇獎的李成空，頓時臉紅。他最大的弱點就是被誇獎，尤其是當對方的態度是這麼真誠的時候，更尤其是對方還是余家寶的時候。

「鬼差的工作就是這樣啦，謝謝你替我著想，這個跟地府申訴也沒用，這是規定，也是宿命。」余家寶勾起淺淺的笑，他這表情頓時不像平日的他，反而多了些深沉。

「你比誰都還要清楚宿命這種東西，就算你算得了他人的命運，但是你也只能預言，不是嗎？」

李成空抿嘴不語，命運這種事從來都是用說的不一定準，也從來沒有十足把握說能改變就能改變，這是世上唯一能跟命運抗衡的事物，就是人心。

「唯一能做的只有補救，我信我還有活下去的機會，就是你那句只要你在我身旁，我就能化解危機，這樣就夠了。」

「說真的，看到你說這種話，我超不習慣的，我們還是來大吵一架好了。」李成空認真地說道，這種氣氛實在好彆扭，坦承原來是這麼讓人害羞的行為嗎？

「我就說嘛，連個戀愛經驗都沒有的人，果然臉皮特別薄，稍微誇一下，你就不行了。」

「把我剛才對你的感動與不捨還來！」李成空這會兒氣得直接朝他比中指，這傢伙果然跟他不和。

「好了好了，工作還沒結束，我不跟你瞎扯啦。」余家寶揮揮手離開這間空屋，緩緩漫步在走廊上，但是情緒卻比以往還要輕鬆許多，不諱言的是他對李成空本來還有些質疑，經歷剛才的過程之後，他想這人能力不差，值得信任，看來鬼差的工作可以多點樂趣。

他走在前頭，李成空還在後頭哇啦哇啦叫著，表示自己的不甘心，余家寶把他的吵鬧當作是一種陪襯，毫不影響還可以調劑身心。

但是，下一秒他卻無法繼續向前，突然停住的腳步，讓李成空措手不及，直接撞上他的後背。

「你幹麼突然不走啊？」李成空停下腳步，揪掉自己的安全帽，滿是不解。

「別動，這傢伙很難纏。」余家寶示意他快將安全帽戴上，同時伸手準備拿取綁在背包上

的桃木劍。

「呃……你都說難纏了，我現在逃離這裡還來得及嗎？」李成空乖乖地戴上安全帽，儘管他覺得很熱很難受，但是為了活命這點小事還忍得過去。

「別離開我三步的距離，如果你還想活下去的話。」余家寶舉著桃木劍，以自己為中心點，畫出了一個圓，他們的四周明顯浮現出一圈淡淡的光芒，李成空好像猜得出這是什麼用意，這下他更不敢跨出這個圓。

「呃……打個比方，這是BOSS要出來的前奏嗎？」李成空頓時覺得緊張，比起剛才經歷的任何一件事，此刻的危機感特別強烈。

「差不多這個意思了，一般道士都無法收服，才會找鬼差出手。要是連我都收服不了，這傢伙就會成為徹底的惡靈，連閻王都搞定不了。」

「啊……拜託你，一定要搞定。」站在身後的李成空雙手搭著他的肩膀，慎重地請託。

「呵，這種時候你就不會小看我啦？」余家寶回頭笑了一下，帶了幾分嘲弄與自豪。李成空一下子又想吐槽回去，但是想想還是忍了下來，暫時認同這個狂妄的小子。

「安分點。」余家寶收起微笑，眼神變得肅穆，他將桃木劍的劍尖抵在地上，輕輕地劃了幾下。木製的劍在水泥地上刮出細微的聲音，李成空沒看錯的話，他似乎悄悄地在這個圓心內畫了些類似符咒的圖樣。

而遠處，卻傳來陣陣的撞擊聲，聲音由遠而近，聽起來像是石頭撞擊金屬的聲音，緩慢而有節奏，距離明顯越來越近，守在圓心內的他們緊張度也越來越高。

那聲音越來越大，這讓李成空有了可能是暴龍隨時會出現的錯覺，但是這種情況下不可能會出現如此貴重的上古生物，那麼這聲音是怎麼來的呢？

「這傢伙是什麼來歷？」李成空聽著聲音，好奇問道。

「當初引爆瓦斯，企圖自殺的男人，只是引爆不慎，導致其他人跟著一起陪葬。」

「是這次的死者裡，怨念最強烈的一個。」余家寶這時蹲在地上視線落在前方，聽著前方不停逼近的聲音，正在努力判斷位置。

「的確，有心想死也不顧其他人的死活，的確怨念極深。我真的不能認同隨意自殺的人，生命終有他的安排，危機說不定就是轉機啊。」李成空跟著蹲坐下來，一手搭著下巴認同說道。

「但是，每個一心想尋死的人，或許就是走投無路，我當鬼差這麼久，多少可以判讀到這些冤魂的心裡，這些尋死的人，總有各種他們度不了的難關，可惜……地府始終認為這是大罪，舉凡自殺身亡的冤魂，往往無法通過審判那一關，於是不停地重複身亡的那一瞬間。地府對於每個人在人間如何對待自己的命運，審判制度相當嚴苛……有時，真想替他們求情。」

「我說你啊，是不是這種憂傷情懷的性子，讓自己添了不少麻煩？」李成空越來越覺得這孩子真心的傻，所以才會對鬼差這個職業這麼死心塌地，半點存疑都沒有。

「怎麼說我添麻煩？有心幫忙付出，不是好事一件嗎？」余家寶很困惑，為什麼李成空有時看著他會露出一絲憐憫的眼神？

「我跟你想法不同，算了，再說下去只會吵架，反正我只要盡好責任，幫你避開死劫就好。」李成空又嘆了口氣，他不想在這種時候還跟這傢伙吵，尤其還是無解的問題。

「來了。」余家寶突然朝他比了個噤聲的手勢，李成空立刻閉嘴，連呼吸都不敢，頓時撞擊聲的頻率突然加快許多，這不知道是什麼暗示，直覺讓人感到害怕。

他們目光專注地盯著聲音來源處，突然之間撞擊聲在某處停止，讓他們失了判斷方向，余家寶倒也不慌張，依舊鎖定某處，就這麼定神盯了好幾秒。

「越會裝神弄鬼的傢伙，越討厭啊。」他勾起一抹笑，充滿輕蔑之意。

對方似乎聽見他的嘲笑，突然間整層樓的門窗開始激烈開闔，從大樓的另一端一路開闔碰撞而來，最後在離他們最近的門前停下。那扇門搖搖晃晃，像是有人推著它把玩似的，老舊生鏽的鐵門也跟著發出刺耳的聲音，就像是不斷地提醒他們，還有個看不見的人在他們面前。

「出來，我知道你在哪。」余家寶瞇起眼怒喝著。這時離他們最近的鐵門又晃了幾下，這次晃動的頻率比以往都還要激烈許多，接著門又靜止了。

兩人緊盯著那扇門，動也不動，在黑暗中這些鐵門又突然開始左右搖晃，接著停止，最後有個毫無血色，近乎陰慘慘的青色臉龐，從那扇鐵門後方緩緩探出來。這一瞬間李成空差點嚇到尖叫，不過他還是忍了下來，雖然下意識地攀住余家寶的肩膀，對方還覺得有些痛，回頭瞪了他一眼。

李成空覺得眼前所見的景象很不真實，他知道那是鬼，但是那張青色的臉帶著一雙空洞的眼神，實在跟印象中的鬼很不一樣，尤其對方只探出一顆頭來，實在無法知道看不見的部分到底還藏著什麼祕密。

「出來，不要裝神弄鬼。」余家寶早就司空見慣，對於他這麼刻意嚇人的登場，倒是不怎麼害怕，反倒是後頭的李成空，嚇得抓緊他的肩膀，一度還迴避那隻鬼的注視。

「我的媽啊，這隻真的好醜。」他又往下躲了幾分，用只有余家寶聽得見的音量說道。

「你要怎麼收拾他？」他又問道，接著還是難掩好奇地往一旁看去，那隻男鬼依舊盯著他們瞧。

「想辦法嘍，這隻不好處理。」余家寶站起身，依舊躲在後頭的李成空頓時覺得他的身影

看起來好高大。

「在我說好之前，你別跨出這個結界，你趁空把剛才說的幾個咒語背好，等等隨時抽考啊。」余家寶回頭對他露出一抹笑意，看起來完全就是個小屁孩，但是李成空一時之間並不想跟他鬥嘴，反而很欣賞他這股負責任的作風。

「你小心點，加油。」李成空真心說道，余家寶先是一愣，揉揉鼻子，竟然覺得有些不好意思。

「當然。」

余家寶抓緊桃木劍擺好陣仗，等著迎向這次任務裡最難纏的傢伙，而對方依舊用著空洞的眼神直盯著他，毫無動靜。

「我說你，別再掙扎了，記得生前你的一念之間，造成多少人死傷嗎？」余家寶看著對方不免碎唸幾句，今天的接觸的案件他是先讀過相關資料，這傢伙的確是所有的起因，只因為懷疑自己的妻子在這家非法護膚店裡工作，還外遇，一時氣不過，引發了一場相當嚴重的氣爆。他自己當然也在這場事件裡死亡，可是當初波及的對象太多，據說過去也有幾個道士被委託來此淨靈，但是效果不彰。

原因在於這傢伙的怨念相當深，久了竟然還成了這座大廈的主怨靈，這對地府來說也是相當頭痛的問題，會造成危害的怨靈理應歸地府接管，但是從業主意識到需要求援，直到他出面，這段時間竟然整整耗了將近兩年，這兩年內所添的問題更是數都數不盡。

「他們的死跟我無關，他們活該。」那人終於願意開口，含糊又低沉的聲音，一聽就覺得不似活人的語氣。清楚聽見鬼說話的李成空，還忍不住起了雞皮疙瘩。

「都死了一堆人還無關？就是有你這種爛人，永遠都是別人的錯，自己從不反省。」余家寶一下子壓不住怒氣地抱怨道，舉起桃木劍就往他戳去，力道精準，速度又快，一下子就戳到對方的印堂。

「快投降。」他將桃木劍一鼓作氣推到底，對方雖然是鬼魂，卻有著宛如肉體般的觸感，這對余家寶來說已經是相當棘手的等級，他這麼一推，離了對方僅有幾公分的距離，冤魂特有的惡臭隨之撲鼻而來，連他都有些受不住地皺起眉。

「快投降，你這個裝神弄鬼的傻瓜。」他又往前推了幾分，企圖用桃木劍攪爛他的頭。那傢伙大概已經感覺得到疼，張嘴發出不明的聲音，又低又沉，這下令人更感到難受。

「你——懂——什——麼？」他壓低聲音問道，並開始扭動身軀，這時他們才意識到這傢伙不是普通的鬼，當他仰起頭往上站時，異常高大、肥壯的身軀，讓他們倆啞口無言。余家寶更是顯得措手不及，被他狠狠地往上甩了幾回。

依舊躲在結界裡的李成空完全看傻了眼，這個阿飄少說也有兩百多公分高，而且相當粗壯，以鬼界來說，根本是怪物等級的型態。

但是，李成空也不免困惑，這傢伙的模樣還算正常嗎？姑且撇開這件事不談，現在的情況比他預期中的還要棘手，余家寶簡直像個布偶一樣，在半空中被甩來甩去，僅靠著插在這隻飄頭上的桃木劍作為支撐，而這個大傢伙大概也感覺到疼，不停地甩頭，試圖將他甩開。

「小鬼，我可以幫什麼忙？」李成空看著他被甩過來又甩過去，有些緊張地問道。

「站在原地不要動，就是幫我了。」余家寶這時一腳踩在對方的肩榜上，這種場面李成空只在電玩裡看過，而且是勇士砍怪的劇情，他從沒想過這一幕會在自己眼前活生生地上演。

「可、可是……」李成空還是很不安心，他就站在圓圈的邊緣猶豫不決。

「沒啥好可是，這傢伙只不過大了點，虛張聲勢啦。」余家寶趁空對他吼完之後，借力使力，抽起桃木劍用力地往他的右眼戳下去，頓時，整個大樓的走廊充斥的難聽的哀嚎，李成空還忍不住摀住耳朵。

「你這傢伙，快給我投降。」余家寶順手抽出一張符令直接往他被砍過的傷口上貼去。這一貼，符令立刻冒出火光從他的傷口處蔓延，就像一條引線細微的火線開始往下跑，轉眼間他的全身已經被火光包圍。余家寶就被這團火包圍，全看在眼底的李成空相當擔心，但是看他一副霸氣十足地砍砍殺殺，似乎也不用太過擔心。

「好啦，你快乖乖投降！」佘家寶這時又將桃木劍抽起，蹬著他的肩膀往上跳，趁著下墜之姿從對方的頭頂往下砍，桃木劍這時就像一把鋒利的刀，直接將他剖成一半，直到佘家寶腳一落地，他立刻又橫砍了一刀，將這隻鬼以十字的方式砍得四分五裂，正當李成空認為大功告成時，佘家寶回頭瞪了他一眼。

「不准出來，事情還沒結束。」

「啊？」李成空原本跨出去的腳立刻收回來，一臉不明就裡地看著他腳邊被砍得四分五裂的魂魄，伴隨著熊熊火焰。這樣不是已經完成了嗎？他滿頭問號地盯著佘家寶。

「剛才那些還只是前菜。」佘家寶甩甩桃木劍，緊盯著這一團糟的穢物不敢掉以輕心。

「你不是把他砍死了嗎？」李成空探頭看著，被勒令不准跨出圈圈，他只能伸長脖子努力看清情勢。

「那些只是他吸收這棟大樓裡比較瘦弱的鬼，養成自己的屏障，真正的他還沒現身。」這時，佘家寶似乎察覺到氣氛轉變，他抓緊桃木劍往前抵，擺出防範的姿態。還想追問的李成空多少也懂得判斷情勢，他立刻閉上嘴，緊盯著佘家寶所指的方向。

原本圍繞在他們四周的火光已經全部消退，那些污濁，像是肉塊的魄體也逐漸化為灰燼。

從這堆灰燼之中他們看見了一個只有一般成年人半身高，又蒼白又瘦小的中年男性站在中央，頂著一雙怨恨的眼神直盯著他們瞧。

這一看就知道不是尋常的東西，就算是阿飄，也不可能是這種不尋常的型態，這個到底是什麼？

李成空盯得入神，一會兒竟然被他那雙怨恨又空洞的眼神給吸引了。

「喂，別一直盯著他看，這傢伙已經不是鬼，已經變魔神了。」余家寶回過頭朝他大喊道，就在這一刻，那隻瘦小又令人充滿寒意的鬼突然朝余家寶衝去，筆直地直接撞上他的胸口。

第五章

偶爾會失手
偶爾也會受點傷

一瞬間，四周是靜止的。

李成空愣愣地看著突然動也不動的余家寶，剛才那隻蒼白的怪傢伙已經消失了，如果他沒看錯的話，是闖進余家寶的身體裡，那麼這個意思是指已經收服成功嗎？

「阿寶，你收服那傢伙了？」他依舊躲在余家寶設好的結界裡猛地探頭，小心翼翼地問道，但是對方只是維持剛才的站姿，低著頭毫無反應。

「喂喂，你倒是說話啊！」看他遲遲沒有反應，李成空越來越慌，最後他急得直接跨出結界圈，這時余家寶突然倒臥在地，這下讓李成空不敢輕舉妄動了。

「你、你還好吧？」

但是，對方就是沒有回應，這讓李成空越來越害怕，少了余家寶，他根本不曉得下一步怎麼做。

這時，原本動也不動的余家寶突然曲起身軀全身顫抖不已，這下更難判斷到底是什麼情況。

「喂，你該去扶起他。」不知從哪處，突然傳來第三人的聲音，把李成空嚇得不知所措，四處察看聲音的來源。

「我的媽啊……到底搞什麼鬼？」他四處張望，立刻起了戒心。

「我不是鬼啦，是他同學。」不知何時跟著混進來的張真一從他後方走來，現場的惡臭也讓他難以招架，直接用手帕掩住口鼻，不過他臉上那副古板的粗框眼鏡倒是讓李成空記起這個人。

「你是之前要阿寶來跟我道歉的人？你怎麼會出現在這種地方？」李成空一下子還是沒弄懂整個事情的發展，一切實在太突然了。

「我是要拿後天考試用的講義給他，不過他爺爺說你們在這裡，所以我就過來了。」張真一淡定的模樣，實在讓人很難相信他才十七歲，李成空對於他的說法當然抱持著懷疑的態度。

「碰到這種情況，你竟然可以這麼冷靜，你到底是何方神聖啊？」李成空越來越覺得這小子有問題，但是對方面對質疑卻只是冷淡地直看著他，沒有回答這個問題。

「我只是他的同學。」張真一如此堅持，兩人又這麼對峙好一會兒，他又出聲提醒：「你快去把他扶起來。」

「你確定現在安全？」李成空摘下安全帽，滿臉狐疑地問。

「你很安全，他不安全，你再不過去，他的內臟就快被那個惡鬼撞爛了。」張真一皺眉提醒，對於他這麼多疑的個性感到煩躁。

「咦？這麼危急？」李成空這下也不敢多問，連忙上前將他扶起，這一會兒他看到余家寶近乎昏迷的姿態，以及全身瘀青，簡直像是被好幾個人痛毆一頓，嚇得啞口無言。

他不知道該怎麼辦，甚至下意識地伸手抹掉余家寶不停冒出的鼻血，同時還是能清楚聽見，對方的體內傳來悶悶的碰撞聲，就像隔著一道牆偷聽別人打架一樣，這聲音實在太恐怖，難怪張真一會說余家寶的內臟遲早會被撞爛。

「喂，你聽得見我的聲音嗎？」他將余家寶的手扛在自己的肩上，那人氣力盡失，全身癱軟地靠在他身上，但是仔細看來意識是清醒的。

「聽得見……不用吼這麼大聲。」余家寶啞著嗓子說道，但是那音量實在太小，讓人感到憂心。

「你還好吧？」李成空確認他還活著，這下倒是稍微安心了些。

「死不了……」余家寶似乎漸漸恢復力氣，他還能稍稍回頭看著突然出現的張真一。

「你竟然追到這種地方來……」余家寶一直覺得這傢伙很不可思議，到底是多怕他的成績會退步啊？

「是啊，萬一你掛掉，我很難跟老師解釋你的死因，你最好活下去。」張真一毫無情緒波動地說道，這番話聽在李成空耳裡，實在好難判斷這孩子的想法。

「你放心，鬼差是死不了的，除非老死。」余家寶瞇起眼一字一句地緩慢說道，他總有一

天會被張真一氣死也說不定。

「現在是吵架的時候嗎？」李成空沒好氣地提醒，這兩人的不和完全清晰明瞭。

「你先送我回爺爺家。」余家寶摸摸發疼的肚子，壓抑著痛苦說道。

「所以這些鬼都收完了？」李成空忍不住低頭檢查一番，這小鬼身上的瘀青好似越來越多了。

「大功告成，快走吧。」余家寶這時又彎身一陣呻吟，他身體裡的五隻鬼似乎越來越不安分，比起以往的攻擊還要猛烈許多，最後他甚至連話都說不清楚。

「你、你這樣走得了嗎？」

「少廢……話……」余家寶還想強撐著，但是關在他體內的鬼魂越來越不安分，簡直像是要衝破他的身體，力道之驚人似乎比以往還要猛烈好幾倍，最後他整個人倒地不起，從口、鼻冒出了大量的血，整個意識完全被衝散。

最後只記得李成空驚慌失措，像個娘們兒似地鬼吼鬼叫。

◇　◇　◇

余家寶再次恢復意識時，首先他無法判定自己到底是生是死，因為身子太過輕鬆，沒有昏迷前的沉重感，原本關在身體裡的那些鬼魂們，似乎已被清空，而他更覺得自己所在之處並非余家，因為這陣陣舒坦的香味，不像在人間而像在地府。

這香味很像檀香，但是他記得爺爺曾提過，這不是檀香，而是生前為善的人們，遺體經過火化的骨灰所遺留下的香味，凡人是無法察覺這種氣味，只有地府抑或審判幽魂的城隍廟才會擁有。

能聞到這種香味，及代表著他不在凡人的空間裡，這麼說來他是死了？

不對、不對，鬼差是不會死的……那麼，這裡到底是哪裡？

「你們這次可真辛苦，阿寶差點掛了呢，哈哈哈。」這爽朗笑聲讓余家寶頓時皺起眉，是他不太願意聽到的聲音。

「喂，現在不是笑的時候吧？這小子沒問題吧？」李成空似乎就站在他身邊，慌慌張張地問道。

「沒問題，剛剛已經把所有的魂都勾出來，只要睡一覺，保證活蹦亂跳。」那名男人依舊發出爽朗的笑意，余家寶這時終於被吵醒，他悠悠地睜開眼看見熟悉不過的天井，不禁嘆了口氣。

「為什麼我會在這裡？不是說要送回我爺爺家嗎？」余家寶瞪著眼前這麼斯文秀氣，老是掛著笑臉的年輕男人質問，態度相當不客氣，而對方似乎也不怎麼在意，那抹笑彎了眼睛的表情依舊不變。

「你的情況太嚴重，余老先生託人送來我這兒，這次的冤魂真的很凶狠了，我可是派了三、四名神兵神將才將這幾個冤魂全數收拾乾淨。」男人笑咪咪地說道，還一邊抹抹汗狀似鬆了口氣。

「是嗎？」余家寶一聽到是自己的爺爺所決定的事，他便不再追究，但是他真心不喜歡這裡，尤其是這個笑咪咪的男人，看起來人畜無害，可內心卻充滿算計。

「話說，能不能關懷我一下，可以告訴我現在是什麼情況嗎？」一直被晾在一旁的李成空不甘寂寞地舉手發問，一直站在他身邊的張真一則是面無表情地盯了他一會兒，像是在笑他。

「幹麼這樣看我？我只是想搞清楚為什麼要把阿寶送來城隍廟？而且這麼晚了，城隍廟竟然還願意開門，一般不是過了七點半就關廟門嗎？還有，你到底是誰啊？」李成空一口氣將滿腹的疑問全丟出來，一時之間還沒人可以承接他的問題，倒是那個笑容滿面的男人，一直看著他，那抹微笑讓李成空被看得心底直發毛。

「阿寶，孟婆說的真沒錯，你的新搭檔很有趣呢。」男人還湊近李成空，一副想看個清楚。余家寶這時扳住男人的肩膀往後扯，對他一點都不客氣。

「紀言，你夠了吧？他已經跟孟婆簽約，算是迷魂茶樓的人，你可別亂打主意。」

「我知道，但是茶樓跟我這兒也有合作關係，說不定哪天……」

「就算有那天也得問過我、問過茶樓、問過你弟弟，你這個城隍爺到底是怎麼當的，這麼連這點程序都不知道？」余家寶皺起眉，怎麼眼前這人就是這麼不受控制？瞧他剛才的眼神，就是想將李成空收到自己的手下工作，多一個懂靈界的幫手，對於他的審判工作自然就有更多的幫助。

「喔……城隍……城隍？城隍？是那個城隍？」李成空這三個字的情緒起伏非常明顯，還失去冷靜，相當沒禮貌地直指著那名笑咪咪的男子。

他無法想像，這個看起來斯文笑起來卻像是笑裡藏刀的人，就是傳說中的城隍，這陣子遇見的人真夠他說嘴一輩子，甚至說給後代子孫流傳也沒問題。

「城隍就是每個區域都會有一位負責審理該區的冤魂，舉凡有冤案都可以申訴，相當於人間的地方法院。」張真一站在一旁很認真地解釋，面對這種場面也能處變不驚，李成空這下對他徹底刮目相看，不過這人似乎常常誤解他的意思。

「不，我知道這是什麼職位，我不是……算了，感謝你的說明。」李成空愣愣的，一時

之間他不知道怎麼反駁這個認真的小子，這會兒又把視線挪往認真地與城隍爺吵架的余家寶。

看他態度這麼嗆，想來跟城隍爺應該相當熟悉，而且毫無尊重感可言，但是城隍爺依舊是笑咪咪地，還伸手摸摸他的頭，看來他的道行相當高啊。

「好了好了！我懶得在跟你吵，既然已經交差沒事，我們要走了。」余家寶起身下床，拉著李成空就往外走。

「唉？阿寶，這麼早走啊？我還叫紀信弄宵夜給你吃呢，不吃完再走嗎？」他就跟在後頭露出苦笑，想來對於余家寶的脾氣也沒轍。

「不要隨便唆使迷魂茶樓的人啦！就算他是你弟弟也一樣，你想拉升仇恨值也不是這種拉法。」余家寶回頭一瞪，示意他不准跟來，就這麼迅速地扯著李成空走。始終跟在一旁的張真一也是如此，只不過離去前還不忘回頭朝他一鞠躬，這才轉身離開。

這時，放棄追上的紀言依舊帶著無奈的笑意看著他們遠去，漸漸地斂起笑臉，取而代之的是肅穆的眼神。

「命運安排真的很有趣，這兩人……竟然碰頭了。」他嘆了口氣，略顯無奈。

「咦？他們走了？」這時，原本該在迷魂茶樓擔任助理的紀信，端著一盤剛做好的飯糰靠近他，看著空蕩蕩地屋內，不禁皺起眉。

「這下可好了，你叫我做三人份的宵夜，誰來吃？」紀信略顯不悅地問道，還將滿滿一盤的飯團端到他面前。

「不如我跟你吃吧，反正我也餓了。」擁有廣大信眾的城隍爺，紀言在弟弟面前總是氣勢差了那麼一截，儘管他還是個有神階的人，弟弟卻只是跟在孟婆旁的助理，但地府裡的人都知道，紀言向來最怕的就是個性硬邦邦的弟弟，只要在紀信面前，他這個當哥哥的永遠都只有退讓的分。

「你想辦法吃完，難得休假被你挖來這裡幫忙，余家寶那傢伙還搞得渾身是傷，下回我要跟孟婆提醒，只要是你申請的案子，我們都要增加職災給付。」紀信索性將整個盤子塞到他手上，雙手環胸不滿地說道。

而他這番話可不是開玩笑，紀言也只好陪笑安撫，地府也是個公家機關，這申請下去，等於是他擅用外聘人員還苛刻對待，地府可是會開罰的。

「好好好，我下回會注意。」他笑笑說道，指指一旁的木椅示意弟弟坐下。

紀信瞇眼盯了他好一會兒，這才順從地坐下，但是情緒依舊不怎麼好，尤其看到余家寶渾身是傷地被抬進城隍廟裡，這麼一個弱小的凡人，怎麼能夠擔任鬼差？甚至身受城隍與孟婆的重用呢？

「要不是你擔保，我早就讓余家寶跟李成空喝迷魂湯，按規定這兩人投胎前沒喝湯。此生一定得補喝，因為你而破例，在我的工作生涯中，完全落下一個污點。」紀信提起這件事，總是帶著幾分焦躁的情緒，工作上他力求完美，所以他特別討厭余家寶與李成空。

「他們兩人可喝不得，你千萬不能這麼做。」紀言咬下一大口飯團，含糊不清地說道，全失了城隍爺該有個威嚴形象，或者該說他根本就不在乎形象。

「真是，他們明明也不太記得前世的記憶，喝了也沒影響，為何要護航？」紀信瞇起眼質問，他最不愛的就是特權，公事公辦才是正確的道路。

「你看不見，他們腦海裡都還有片段記憶，我讀得到，但是還不夠明確，不能隨便就讓他們遺忘。」

「你是讀卡機嗎？到底是什麼記憶？」紀信沒好氣地問道，這聽來哥哥又去偷窺別人的記憶了。

「哦……弟弟，你吐槽我的威力可以留情點嗎？」紀言摸摸胸口，狀似心疼，但是這演技實在太假，紀信並沒有理會。

「到底是什麼？」他繼續逼問，順手拿了個飯團咬下，心裡替自己的廚藝打了個滿分。

「前些日子孟婆還無法跟你說清，是因為我們還不確定，如今李成空的出現，讓我們有九成把握，這兩人與百年前一直無法破案的九殤案之一，有些許關連。」

「九殤？是哪一個？地府不是放棄調查，直接鎖進倉庫了嗎？」紀信皺眉問道，坦白說他對這種缺乏證據的陳年老案興趣缺缺。

「放棄歸放棄，有一件還是特別想查，就是第四閻王溺水案，我們懷疑余家寶與李成空可能是目擊者，第四閻王殿已經空轉百年，至少要查出第四閻王的下落，如果確定他已經神逝，至少可以快點找人遞補。」

紀言一提起第四閻王，氣氛總是特別糟，只要是地府的人都知道第四閻王殿因為主人失蹤而空轉，莊嚴的閻王殿裡都長滿蜘蛛絲了。

既然空轉，就得找人遞補，但是礙於地府規定，除非正式得到該位閻王的神逝證明，確認已經遭到除名才能遞補，這也是其餘四位閻王開會後的決定，畢竟要當上這個位置也是經歷過相當多年的磨練，不能隨便撤除。

「所以呢？」紀信依舊皺著眉，他琢磨不了哥哥想表達的含意。

「我有信心在這半年內可以破案，讓第四閻王殿重新運轉。」紀言握拳充滿信心地說道，而他卻是一臉不屑。

「上回你說三年，但是並沒有實現。」紀信狠狠地朝他潑了桶冷水，這條懸案誰都想破，

但是能列入地府的殤案裡，通常都是相當難纏的案子。

「殤」意為非正常死亡之意，而地府中約有上百條冤案被列為殤，其中溺水殤排位為前十名之內。約莫百年前第四殿閻王外出查案，卻意外碰上大雨漲潮，第四閻王當時還帶了幾個隨從，這群人就這麼被大水狠狠地沖走，至今下落不明，第四閻王殿也因此停止運作。

但是，在無法確認第四閻王是否還生還的情況下，始終沒有辦法找人替遞補，只因為地府還能感受到第四閻王生存的氣息，他尚未消失，因此這位置也就一直空著，當然這段時間也一直有人質疑，身為掌管地府的五大閻王之一，怎麼會輕易地就被大水沖走呢？

這就是懸案的原因，第四閻王為何被大水沖走？至今依舊是個謎，打從紀言當上城隍爺之後，心心念念的就是這條懸案，一方面他想讓第四閻王殿重新運作，另一方面是基於相似的情感。

他升上城隍爺之前，只是該區的一個福德正神，也就是俗稱的土地公，在更早之前他的身分是一個忘了哪時溺斃的水鬼。

水鬼就必須守在自己溺斃的河岸旁，隨時準備抓下一位倒楣鬼來替補，這就是俗稱的抓交替，而他在河岸旁守了幾百年始終都不曾找過替補，反而一路救了很多人，這事蹟逐漸被擴散開來，一方面是因為這河岸的意外死亡機率不高而引起注意，另一方面是有路過的神明通風報信，因此他才有機會被提報成為福德正神，而後才成了今天眾人尊敬的城隍爺。

然而，整件事情只有紀信熟知他能當上城隍爺的真正原因，因為地府需要利用這些意外死亡來終結這些人們的壽命，卻因為紀言的仁慈導致該死的始終死不了，造成生死簿上的紀錄大亂。

因此還驚動了地府的人來此河岸視察，才知道是水鬼搞的鬼，他違反規則造成不少問題本該受罰，但是地府看中的卻是他骨子裡藏著反叛的性格，以往溺斃的水鬼，通常都會乖乖照做，只要抓住下一人他就能投胎，但是紀信並不是以投胎為目標，而是認為多做點特別的事情，就能引起地府注意。

果然，地府派人來查，也查出結果，最後在罰與不罰之間做抉擇。他們選擇了讓紀言擁有神格，卻給了個最低階卻也是最忙碌的福德正神一職，這對他來說完全就是個考驗，一旦過不了關，就是摘除神格。

紀言當然知道這箇中的奧妙，於是他用著自己的手段一步一步地走，至今才成了人人敬仰的城隍爺。

他常對後來因為在地府表現不錯而被孟婆拉拔為助理的弟弟提起這事，總說：「想要有點地位就非得有點手段，太過善良不能當飯吃，只會傻傻地被利用罷了。」雖然每回都招來弟弟

的一陣白眼，但是憑良心說，紀信心底深處並不否認哥哥的觀念。

「所以呢？你一直執著余家寶的前世記憶，到底是為了什麼？」紀信看著他只想知道這個解答，那碗孟婆湯一直無法讓這小子喝下，實在是他的工作生涯中最大的缺憾。

「他的片段記憶裡，有個溺水的回憶，時間不長，只有短短幾十秒，但是記憶裡有個男人呼救的聲音，與第四閻王一模一樣，我懷疑余家寶看見了第四閻王溺水的過程。」紀言繞繞手指，雖然隨意讀取凡人的記憶，是不被允許的事情，但是有些時候他總得用點手段才能把事情解決。

身為鬼差的余家寶，似乎依稀記得這個記憶，若非特意提起，他並不會想起這件事。這是在他五歲的時候，余爺爺還是當代鬼差，尚未交棒時候的事。

余爺爺似乎想讓城隍爺好好認識這位下一任的鬼差，特意挑了個極陰時刻來拜訪。才五歲的余家寶瘦瘦小小相當可愛，他傻乎乎地跟著爺爺彎身跪拜，當時的紀言挺喜歡這個孩子。

雙方才剛見面不到幾分鐘，紀言看著他露出和藹的微笑，輕聲說：「下一任鬼差，可要好好教，他資質不錯。」

「是啊，比起我那個寧願當個普通的上班族兒子還要成材。」余爺爺笑了笑，摸摸余家寶的頭，那抹笑還是多了幾分算計。

「話不能這麼說，人各有志。」紀信朝他客套地笑了幾聲，接著又將視線落在看起來還傻乎乎的余家寶身上。

「阿寶，你要當個好鬼差，別讓我失望啊，你們余家就只剩你們這支宗親還是鬼差了。」他笑咪咪地看著還懵懂無知的余家寶，看著他像是沒有思考的眼神，卻隱約地看到了奇怪的畫面。

紀言至今還記得他所窺探到的畫面，怒濤般的河川，傳來陣陣的呼救聲，原本岌岌可危的木橋似乎在剛才被大水沖斷，原本在上頭的人們全被沖走，這些人全都淹沒在水裡最終沒了氣息。

余家寶腦海中的記憶，似乎是自己也被沖落河裡，耳朵傳來令人不安的水波聲，四肢正不停地揮動著，試圖獲得一線生機。

這時，隱約可以聽見遠處有人這麼呼喚著：「四閻王大人！四閻王大人！請不要放手！」

那聲音似乎是當時陪著四閻王大人去人間界查案的判官，而當時就只有這兩人前往人間，他們也身陷在滾滾河水裡，污濁的水、痛苦的哀嚎，讓人好似看見人間煉獄。

這段記憶，最後是在同樣被湍急水流包圍的判官，朝他伸手似乎想抓住他，卻又被滾滾大浪沖開後終止。

從這段記憶裡，紀言可以斷定余家寶這段前世記憶與第四閻王失蹤的關連性極大，但是他試圖挖尋其他線索，卻始終無法找到，也因為這段記憶，余家寶不需補喝迷魂湯，他身上可是身繫重要線索的人，當然不可能這麼輕易放開。

不過，為了開此先例，讓盡職的弟弟與他足足冷戰了好些個月，是他好聲好氣地解釋，以禮對待，身為哥哥，身為城隍爺的尊嚴都拋掉的狀況下，努力求和，這個弟弟才願意與他和解。

隨著時間的推進，當他看見李成空時，深深認為第四閻王失蹤的案子，可望近期內破案，這多振奮人心啊。

「所以，你也窺探到李成空的記憶了？記得之前，你似乎早就算到李成空會到迷魂茶樓，千交代萬交代，不准我端迷魂湯給他喝，果然……你這喜歡偷窺別人隱私的興趣能不能改善啊？」紀信沒好氣地抱怨，有這種哥哥他真心覺得丟臉。

「只看到部分，簡直就像一個破碎的碗，這裡拼一塊那裡拼一塊，現在還無法看出整個雛形。」紀言嘆了口氣，他多想看個清楚啊。

「你看到了什麼？」紀信還是難掩好奇追問，不過基於工作的責任，他也得釐清李成空不用喝迷魂湯的原因。

這些擁有特權的傢伙，對他來說可是相當礙眼啊！

「也是那場大水，只是李成空的記憶是在岸上，他親眼看見數十個村民被大水沖走，接著轟然巨響，似乎是什麼東西爆炸或崩毀，接著依舊是刺耳又駭人的哭泣聲，但是這記憶很短，不到兩分鐘就中斷了。」

紀言很想再多窺探出些許片段好能拼湊真相，但是李成空的前世記憶卻像是被刻意隱蔽一般，需要用點辦法逐一解開。最好的方式就是將這人納入旗下，好能就近查案。

紀信盯著哥哥期待著笑容，沉默了好一段時間，感受到弟弟那抹異樣視線的紀言，則是緩了緩笑意，輕聲反問。

「還有什麼問題嗎？」

「我只是覺得，跟你相處也百年多，你依舊沒什麼變，為了自己的目的，總愛耍點小心機。」紀信真誠地說道，哥哥今天能當上城隍的位置，說不耍點手段是不可能的，也因為托他的福，自己在死後還能在迷魂茶樓謀得一個小小官職，他有時候對這個哥哥又愛又恨，但是尊敬的心思還是較多的。

◇　◇　◇

「好啦好啦，睡覺，我累死了。」這頭，李成空扛著余家寶在天亮前回到迷魂茶樓的宿舍。余家寶看起來是已經好上許多，但是已經精疲力盡，李成空當然也是，徹夜未眠的他早就想快點就地躺平，不過他得先搞定余家寶才行，索性這一路上還有張真一在旁幫忙推著，雖然這傢伙個性是冷淡了些，但為人處事上還算貼心。

他們倆好不容易將余家寶塞進上鋪的床被裡，李成空大大地嘆了口氣，一想到下午還有超商的班要輪值，他現在只想好好睡一覺，否則下午上班一定會很慘。就在他抹抹臉準備睡覺時，對上站在一旁的張真一，他似乎還不打算離開的樣子。

「呃……你不回去休息嗎？」李成空有些尷尬地問，心想這傢伙該不會打算站在這裡欣賞他們的睡相吧？

「我等一下要直接去上課，今天不是假日。」張真一看了看錶，又抬頭看著早就沉入睡夢中的余家寶。

「阿寶今天請假請定了。」他無奈地發出一聲嘆息，重新調整背包位置，轉身準備離開，他走到門口還很有禮貌地拉了門把替他們關上門，但是關上門之前又轉頭看了李成空一眼。

「我一直覺得，這種賣命的行為不妥，余家寶怎麼不好好地當個高中生，而要當鬼差？沒人逼他做，也不見得為了責任而扛下。」張真一頓了一會兒，抬頭看著甚至開始打呼的余家寶。

「你不覺得地府的人很自私嗎？」張真一皺起眉，抱怨的音量不禁放輕了些。

李成空盯著他沒作聲，但是心底深處是認同這孩子的想法，經歷剛才那些事情，他直覺替地府賣命的余家寶真的笨。

「你其實很替阿寶著想啊，你說擔心阿寶遲交作業的事只是藉口吧？」李成空笑問，這傢伙挺講義氣的。

「不是藉口，是真的。」張真一突然臉紅，低聲糾正後這才關上門離去。

坐在床鋪上的李成空還笑笑的，細細品味這個看似冷淡反應卻很有趣的孩子，不過這一夜發生的事情實在太多，讓他一下子很難消化。他悠悠地嘆了口氣之後，扭扭發痠的脖子，迅速鑽進被子裡，決定先把那些事情通通拋在腦後，睡飽再說。

余家寶請了兩天病假才恢復體力回校上課，由於有資優生張真一幫忙掩飾，導師並沒有多疑，直接收了他的假條，靠著這層掩護，余家寶是鬼差的工作才能安然掩蓋至今。

他是個重義氣的人，想好好道謝一番，卻被張真一冷冷地回了：「我只是盡小老師該做的工作，我只求你別再添我麻煩。」這麼一段話給消滅了熱切感謝的心。

「你這傢伙腦袋裡真的只剩下讀書了。」余家寶被挑起怒氣，狠狠地丟下這番話後，逕自走回自己的座位趴下睡覺，他還以為跟張真一之間已經有點友情關係，看來都是他想太多。

張真一如往常地冷著一張臉從書包裡抽出參考書，翻開第一頁之後，執筆的手卻停頓了一會兒，若有所思。他回頭看了趴桌呼呼大睡的余家寶一眼，一副鬆了口氣的模樣，繼續埋首苦讀。

他好幾次都想跟余家寶說，當個凡人就好，不過現在跟他說這種事，鐵定又會招來一陣爭執，他不想浪費力氣，就讓余家寶這傢伙自己去體會就好。

可是，當事人余家寶一時之間看來是沒有體會出這個真諦，反而對張真一的無情有諸多怨言。

這天，是星期六下午，農民曆上是極好的日子，適合開市、納福、諸事順利，尤其是下午兩點至四點之間，好不容易覓得好位置的李成空，就挑在這天讓命理攤位重新開張。

但是，有鑑於自己在命理界的名聲非常慘，他這開幕也只是低調的替自己擺了一小盆花，心裡偷偷慶祝開幕。

「我真的覺得你這個店名很不妥，而且明明是命理師，怎麼把塔羅牌算命寫得這麼大？本末倒置了啊。」余家寶喝著可樂，坐在他的攤位旁，還是忍不住對這屋內的一切指指點點，桌子太老舊、掛在牆上的畫軸太老氣，而這個「空空塔羅牌」下面還有一行小小的命理、擇日的營業項目說明，更是失敗的設計，這種店要吸引人氣真的相當困難。

「我說啊，我才剛開張不到一個小時，你可以說點恭喜我的話嗎？」李成空皺著眉，這小子怎麼老是這麼直接？

「還有，這可樂不是你送我的開幕賀禮嗎？怎麼自己喝了起來？」李成空也開了罐可樂來喝，這飲料名字喜氣，他喜歡，但是他更希望余家寶那張嘴可以更討喜點。

「我口渴，沒事幹啊！」余家寶喝下一大口可樂，毫無反省之意。

「沒事幹就去跟朋友玩啊，鬼差以外的身分是高中生吧？你該去做點高中生該做的事。」李成空這會兒攤開手上的老舊手冊，那是養父留給他的筆記，上頭全都是擇日命理的要點，字跡有些潦草，但是對他來說是懷念養父的好東西。

「你說說看，高中生該做些什麼。」余家寶明顯興趣缺缺，抓鬼以外的工作他還真是毫無概念。

「談戀愛或者去打工、跟朋友去亂晃什麼的啊……等等，怎麼是我來教你？你這個現役高中生，爭氣點行不行？」

「你說的這些提議超無聊，能不能給點更好的建議？」余家寶將他的意見全部否決，甚至還帶著一抹質疑又憐憫的眼光盯著他。

「你自己想辦法啦！我還要做生意。」李成空這下完全惱羞成怒，甚至想將余家寶趕出去。

「問題是現在沒半個客人啊。」余家寶指了指前方，眼前只看得見來逛街買菜的太太們，經過的人們根本看都不看一眼，有時他挺想吐槽迷魂茶樓替李成空找的地點，其實相當差。

菜市場內，哪會有人想來算命呢？跟攤販殺價都來不及了，更何況是花錢來算這個虛無的未來。

「我求你閉嘴……」李成空好想哭，原本信心滿滿地求個好日子，求個門庭若市，這小鬼依舊不怎麼留情地戳破事實。

「好啦……喝點可樂，可以招來客人。」這時，余家寶勾起一抹笑，覺得他氣炸的表情很有趣。

「難得說出好聽的話，請繼續保持。」李成空接過可樂沒好氣地回應，順勢喝了好幾口。

「請問……這裡是可以算命的攤位嗎？」

這時，外頭來了個打扮相當甜美的女孩，估計不到二十歲，像個大學生，那聲音、那笑容都讓人感到如沐春風。

「啊？是是是，小姐想算什麼呢？」李成空連忙站起身歡迎，開張後的第一個客人，對他來說無疑是非常大的鼓勵。

「我想算戀愛運。」女孩有些害羞地說道，她看看四周總覺得這店裡相當簡單，不太像是個命理攤位，尤其還藏身在老菜市場裡，實在好難想像。

「請坐請坐，妳是怎麼找來這裡的啊？哎喲，今天新開張，我就先幫妳免費算一次，要用什麼方式呢？卜卦？還是塔羅牌呢？」李成空心情太好了，一股腦兒地將所有問題丟了出去，讓女孩顯得有些慌張。

「你冷靜點啦。」一旁的余家寶看不下去，拉拉他的衣袖提醒，李成空這才冷靜些。

「哦……對不起，我有點過頭了。」李成空真心地道歉，連忙請女孩坐下。

「剛剛那位先生說的真沒錯，你會是個很熱情到讓人困擾的人。」女孩甜甜地笑著，這番話似褒似貶，讓李成空不知道該用什麼表情回應。

「是誰介紹妳來的啊？」李成空難掩好奇地問。

「我剛剛去城隍廟求平安、問姻緣，就有個很像是廟方人員的年輕男人告訴我，這裡有個命理攤位剛開張，可以來算算看。」

「哦——」李成空想像了一會兒，立刻可以得出到底是誰指點這個女孩來此地了。

「那傢伙其實挺不錯啊，還會替我介紹客人。」李成空摸摸下巴，頓時對城隍爺也沒這麼反感了。

「你別開心得太早，他給你好處，你就得替他賣命，這規則一直都沒變過。」余家寶一手搭著下巴，不怎麼客氣地說道。李成空無言地盯著他好一會兒，眼底似乎有滿滿的怨言，他真的很討厭這小鬼的潑冷水技能是這麼的強大。

兩人就這麼對峙好一會兒之後，他決定暫時將這些因素拋至腦後，好好地款待這位客人。

「來來來，小姐，我就先幫妳算個戀愛運。今天大放送，連這個月的運勢也一起算給妳，全都免費啊！」

第六章

空空命理，歡迎你

李成空這個算命攤，開張至今已經兩週有餘，礙於平日他還有超商的打工，只能趁排休的時候開業。這開業的時間還算固定，每週二、四、六的上午九點至中午十二點，以及每週六的上午九點至下午兩點，其餘的時間都得為了三餐而打工。

不過，說也奇怪，他這算命攤的生意，可以明顯地感受到越來越好，雖然不是一下子熱門的攤位，但是每次開店總有幾個女孩來算戀愛運，從一天兩三個逐步累積至今，一天也能累積個十來位客人，這對過去的他來說是根本不可能發生的事，雖然心裡感到高興，卻也難免疑惑。

「怎麼這麼多女孩子來算戀愛運啊？」才剛送走一位女大學生的李成空呼了口氣，似乎有些疲憊。

今天是星期六，上門算塔羅牌的客人特別多，一次一百元，任何事情都能算，不貴也能給個指引，不少客人似乎就看重這點，願意停下腳步讓他算算。

「大概是因為網路上有人討論吧？」余家寶舉起自己的手機，上頭是臉書的畫面，一則李成空正在替一名女孩算塔羅牌的的圖文說明，下方還有熱情推薦這個攤主人帥心好，菜市場內藏著的小鮮肉……等等的說明。李成空看得目瞪口呆，他從沒想過自己有一天會被這麼寫上臉書，甚至被瘋狂轉發。

「亂七八糟啊這個。」李成空看清了上頭的文字，臉色一陣紅，話說下面竟然還有這麼一行：「店內還有另一個高中男孩，似乎經常出現，跟攤主很熟，常常鬥嘴，有點萌，我都想喊在一起、在一起惹。」

「這行字是什麼意思？」李成空指著那段評論，直覺不太妙。

「你不要懂比較好，這世上有些東西不是你可以去探尋的。」余家寶收起手機，相當誠懇地說道。

「哇靠，你說清楚啊，不然我晚上睡不著。」李成空被逗得很焦躁，他拍拍桌喊道。余家寶依舊保持剛才的立場，不說就是不說。

「你哪有睡不著？每晚都打呼，睡得很熟，我倒是被你吵得完全睡不好啊。」余家寶不怎麼客氣地反駁，這就是睡上下鋪的缺點，他得找一天跟孟婆投訴，看看能不能分房睡。

「你閉嘴行嗎？」被戳破謊言的李成空紅著臉怒喝。正當兩人又快吵起來時，門口不知不覺又聚集了好些人，而且都是女孩子。

李成空只好收手，故作鎮定，坐回椅子上露出營業用的笑容招呼他們。

「你們好，請問是要來算命的嗎？」李成空這一問，這全女孩們突然聚集在一起竊竊私語，還帶著幾分笑聲，甚至還有人拿起手機拍起照，這讓李成空相當尷尬，他怎麼覺得自己好像是被觀賞的動物一般，這些人到底想做什麼啊？

「呃……請問有什麼問題嗎？」他笑得有些尷尬，女孩又聚集在一起竊竊私語，許久之後才有一個長髮，穿著格子短裙，應該是校服的女孩動作輕巧地坐到他面前。

「你好，我想算塔羅牌。」女孩撥了撥長髮，面露甜美的微笑說道。

「好的。」李成空拿起塔羅牌動作熟練地開始洗牌，期間還不忘與女孩多聊幾句，能跟可愛的女孩如此近距離接觸，對他來說可是非常幸福的時光。

「我想算戀愛運。」

「好的好的。」李成空笑笑地繼續洗牌，女孩的要求並不意外，外頭約莫三、四名女孩似乎是同行的朋友，只不過這群人一直將手機對著他拍，實在有點不舒服。

「那麼，請挑出三張牌。」李成空將所有的牌一字排開，動作流暢又帥氣，女孩們這時又開始竊竊私語。

余家寶終於覺得有點煩，起身繞過這些女孩往外走，似乎想等這些人離開才願意回到店裡。

他在外頭呆站了約莫五分鐘，突然覺得裡頭靜得有些古怪，而且李成空這次未免也算太

久，他好奇地回頭一看，發現店內的氣氛不太對，原本興高采烈的女孩們，變得有些不安，甚至神色凝重。

「發生什麼事了？」他推開這些女孩走近一看，立刻察覺奇怪的地方。

「喂，李成空，你怎麼了？」他站在攤位前，看著對方低頭手裡摸著抽出來的塔羅牌，動也不動，那雙眼神有些空洞，看起來像是魂魄被鉤走一般。

「他好怪，抽了一張牌後，突然就不說話了。」女孩回頭望著余家寶，眼底難掩驚慌。

「搞什麼鬼？我看看。」他將女孩驅離椅子，自己湊上前打算看個清楚，李成空的眼神依舊空洞，但是嘴裡卻唸唸有詞，聲音相當含糊，一時之間余家寶根本聽不清他在說什麼。

「李成空，你別開玩笑啊。」余家寶搖搖他的肩膀喊道，對方依舊不為所動，這下他有些氣惱，扯起對方的衣領，還輕拍他的臉頰好幾下，試圖喚醒他。

或許這麼使蠻力奏效，李成空總算願意正眼瞧他，但是眼神依舊相當空洞。

「怎麼啦？突然這樣裝神弄鬼，是打算把好不容易招攬來的客人全都嚇跑嗎？」

余家寶沒好氣地罵道，這傢伙怎麼老是幹這種事？這麼毀掉自己的前程，並不有趣啊。

「……此女，生於卯時，將遇血光之災，家運衰敗，五日內必死無疑。」

余家寶清楚地聽到他這麼說，一愣才驚覺李成空的老毛病又發作，幸好他這次說得極小聲，那些女孩似乎沒聽見。他一手掩住李成空的嘴，深怕這傢伙會洩漏出更多的祕密。

「他、他在說什麼？」女孩隱約聽見他說了什麼，有些不安地問道。

「不，他什麼都沒說，只是有點不舒服……」余家寶看著女孩，意識到剛才李成空說出了這女孩的死期，既然已經預言，他不能坐視不管，他的同學曹子茵或許就是這樣才遭遇不測，現在說不定也是個挽救生命的機會。

「這次的算命不算完整，妳要不留下資料給我，等這傢伙好點了，再補償給妳。」余家寶想盡辦法，想留下這女孩的任何訊息，以防五日之內的劫難。

「不、不用啦……只是算個戀愛運，這真的沒什麼……」

「很重要！不能只算一半，把妳的手機號碼留給我，我等他好點再跟妳聯絡。」余家寶急了，這強硬的態度讓女孩呆愣了好久。

「快留給我，妳是聖安女中的人吧？」

「那……那我留給你。」女孩被他勸得無力招架，在桌子上隨手抽了張便條紙，寫下自己的名字與手機號碼交給他。余家寶接過紙條，看了一眼，將紙條咬在嘴裡，拿出自己的手機照這號碼按了一回，等著接通。

女孩放在書包裡的手機頓時響起悅耳的流行樂，響沒幾聲，余家寶關掉手機收進口袋裡，確定女孩沒騙人。

「好，確認無誤，我們會盡快跟妳聯絡，我先處理好這傢伙，妳們先回去吧。」

他頓了一會兒，這群人似乎還沒有打算離開，他無奈地嘆了口氣，又大聲喊道：「今天提早休息，妳們快離開吧。」

他這一喊，女孩們才轉身離去，但是遠去的身影裡，總是有幾個人老是回頭探探，非要看出個什麼來似的。

「總算走了。」店內總算歸於平靜，余家寶鬆了口氣，他這才回頭仔細察看李成空的情況。

他依舊兩眼無神，像是身陷在另一個空間一般，額際還冒著冷汗。余家寶不曉得該怎麼處理這個情況，愣愣地盯著他好一會兒之後，突然揚起手，稍微用了點力道，朝他臉上甩了一巴掌。

約莫幾秒後，李成空感覺到臉頰傳來火辣的疼，他這才緩緩回過神來。

「靠，我的臉怎麼這麼痛？你打我？」他摸著臉頰，被甩過巴掌的觸感還殘存在上頭。

「我想不到其他辦法了，你剛剛跟中邪沒兩樣。」他雙手一攤，絲毫不覺得哪裡不妥。

「什麼啊？我剛剛……」李成空這時一愣，也察覺剛才的古怪之處，他對剛才的記憶是一片空白，像是被誰關掉了電源，發生了什麼事他一概不知。

「你說了那女孩的死期。」余家寶嚴肅地說道，還下意識地掐緊女孩留給他的手機號碼。

「啊？我說了？」李成空一臉懊惱，這到底是什麼樣的毛病，每每腦袋一片空白時，就會說出不該說的話，這好不容易建立起來的聲譽，該不會又要被自己給毀了吧？

「你放心，我幫你擋下了，只有我聽見。」余家寶看他一臉驚慌失措的樣子，想也知道是在顧慮什麼事情。

「哦？這還真是謝謝你了。」李成空聽到他這麼說，頓時安下心來。

「不過，你得幫我一個忙。」而他，卻突然壓低聲音，不容他拒絕的氣勢。

「什麼忙？」李成空突然覺得這肯定是個會把自己賣掉的交易。

「你得幫我一起阻止這個女孩，我要抗命。」余家寶認真地說，而他卻是皺起眉來，沒能立刻答應這個忙。

「抗什麼命啊？我說了啥？」他摸摸胸口，直覺余家寶這決定不妥。

「你說她五天之內會遭遇血光之災，五日內死亡。」

李成空一聽，立刻皺起眉一副想痛毆自己的模樣，怎麼又發生這種事了？

「說就說了，得想個辦法解決。」余家寶的態度與他完全相反，反而認為這是個機會。「這女人的聯絡方式我有取得，這次我可不想重蹈覆轍。」余家寶下定決心的模樣，讓李成空總覺得有些不安。

「你可以不用管這事吧？我是很感謝你替我擋掉麻煩……」

「一定要管，還是你要讓那個女孩知道，你又開始咒人家死？」沒有退讓的餘地。

「你這種死個性真的很討厭耶，竟然拿這件事威脅我。」李成空無奈地嘆了口氣，明知道這麼做不對，但是他還是得乖乖妥協。

「你放心啦，我會保你安全，到時候有責任我扛。」余家寶拍拍自己的胸膛自信地說道，這死裡來活裡去的經驗他很豐富，他毫無畏懼。

「你這傢伙真的是……」李成空無法把話說完，余家寶有著他挺喜歡的性子，講義氣、大方、對小事從不計較，但是就是這種豁達、不要命的作風，才讓人隱約感到不安。

李成空有些困惑地想著，這傢伙的死期或許就是如此不要命的性子招惹，師父常說有因就有果，余家寶不想死，卻老是扛著鬼差的責任去賣命，而他因緣際會下認識余家寶，或許也是命運的一環。

為的就是幫幫這個傻小子，度過各種難關。雖然自己的手法很蹩腳，但是他也只能盡最大的能力，好好地跟在這傢伙身邊，最終目的就是讓這個少年好好活下去。

人生哪，能有這麼一個守護別人的使命，其實也挺值得的，他想師父要是知道這件事，一定也會很開心。

◇◇◇

那名被李成空預告死期的女孩，是聖安女中二年級的學生，名叫葉品如，在校成績還不錯，長相甜美，在臉書上還有眾多粉絲追蹤，曾在上學的路途上因為被一名大學生注意到而上了PTT的表特版，甚至因此還拍過廣告，算是個相當受矚目的漂亮女孩。

「你是從哪弄來這些資料？」李成空躺在自己的床位上，看著手機，今天沒有打工，店裡公休，他難得可以悠哉地做些自己的事，而余家寶這一陣子鬼差的工作也不多，索性窩在上鋪打電玩、看漫畫，當個健全快樂的高中生。

「在學校打聽一下，就可以問到很多訊息，這個女人名氣不小。」余家寶正在專心攻打電玩的BOSS關卡，回應有些隨便。

「我說你講話能不能像個高中生啊？這個葉品如可是宅男女神的預備軍耶，看看她，隨便

發了篇『好想吃冰淇淋』，按讚數就破千，你對她都沒感覺嗎？」李成空開始逛起葉品如的相簿，這女孩有不少漂亮可人的萌照，自己都手癢跟著按讚了。

「沒感覺，反正我要的資料都有到手，這樣就好。」余家寶毫不在乎，他只關心眼前的電玩關卡能不能過關。

「你這句話真的是能氣死很多急著想脫團的人。」李成空看著那些相簿與留言相當認真，這時卻看見了這女孩在某天發表的一則新動態。

「今天去了一家叫做空空命理的店算塔羅牌，不過老闆好像身體不舒服，算到一半突然狀況怪怪的，最後是一直跟在他身旁的少年讓我留了資料，以後再算（我總覺得這兩個男的有點曖昧啊），是個還不錯的算命攤，不過我有點想知道我的戀愛運呢……」

李成空看著這段留言感到有些無言，該不會最近老是來這麼多女孩子，都認為他跟余家寶是一對吧？這可真是天大的誤會，他是直的，硬被掰成彎的，他才不幹！

「唉，李成空。」上鋪的余家寶突然低聲喚著。

「幹麼？」李成空瞪著那段留言，心情很不好地反問。

「明天你的算命攤再公休一天行嗎？所有損失我會補償給你。」余家寶這語氣難得帶了幾分哀求，他頓時有了不太好的預感。

「我能說不行嗎？」李成空雖然不太想答應，卻也知道沒有拒絕的餘地。

「你要我公休做什麼？」

「明天下午放學後，我跟葉品如約好時間，在她學校附近的咖啡店見面。說好你要替她重算戀愛運，但是我要她獨自出來，不能有外人跟。」

李成空聽著他說，總覺得這段要求好像哪裡怪怪的。

「你這是想找她談判還是告白啊？一般女孩子哪會答應？這麼凶狠。」

「她答應了，而且很期待呢，你明天最好打扮得正式點，靠你了。」

「靠我？為什麼要靠我？」李成空覺得莫名其妙，但是余家寶不多做解釋，繼續玩著他的電玩。

李成空愣愣地瞪著上鋪，他不笨，這鐵定有問題，但是他知道問了也不會立刻得到答案，只好默默允諾這個奇怪的赴約。

隔天，約定的時間是五點半，等著兩位高中生放學，李成空提早出門赴約，余家寶要他穿得正式點，他這人沒見過什麼世面，頂多素面襯衫加牛仔褲，對他來說這可是最莊重的打扮了。

約莫五點四十分，余家寶、葉品如一前一後徐徐地走來，兩人身上還穿著校服，看在李成空眼裡總不禁感嘆，青春真好。

「你很準時。」余家寶一進咖啡廳，立刻發現李成空的位置，他直接在李成空身旁拉開椅子坐下，很率性示意葉品如坐在他們倆的對面。

「你好，還麻煩你們特地出來一趟，真抱歉。」葉品如就坐之前相當有禮貌地朝他鞠躬，這讓李成空有些慌張，太多禮反而讓他不知所措。

「不會、不會，妳先坐，我今天難得休息，就當作一起出來吃個飯也好啊。」李成空連忙叫他坐下，等著三人點完餐，這下才拿出塔羅牌準備替她算算命，好作補償。

「唉，等等。」正當他還在洗牌，余家寶卻突然開口了。

「除了戀愛運以外，妳還想算算別的嗎？十年大運或者是考試運都算？反正他不收錢。」余家寶這番話倒是引來李成空一陣白眼，這是什麼大放送的推銷手法？什麼不收錢？這一串菜單開起價來，論行情可是要好幾千塊，他今天被搞得這麼廉價，心底總有些不悅。

「咦？不、不用了，我只想知道戀愛運。」葉品如連忙搖手拒絕，有些羞怯地說道。李成空看了她許久，心想真是個有家教的女孩，不貪不求，這模樣看起來是戀愛了。

「我可以在幫妳多算個學業，當補償。」李成空突然這麼開口，完全是看在葉品如的面子。

「這、這樣的話，就謝謝你了。」葉品如露出相當甜美的笑意，這下倒也不拒絕。

李成空雖然是學命理出身，但是為了三餐溫飽，學起塔羅牌倒也研究了好一段時間，這點不會影響人生的小運，他算起來還算得心應手，這下洗好牌，動作熟練地在桌上滑出一排漂亮的扇形，等著女孩抽出三張牌。

「抽三張，我來看看妳的戀愛運順不順啊。」李成空露出慣有地營業笑容。

「好的。」葉品如似乎有些緊張，她戰戰兢兢地抽出三張牌，由李成空一一亮出牌面，不懂的人只看到三張圖樣，但是李成空這一細看，卻不禁皺起眉。

葉品如分別抽到依序的牌面是：命運之輪、倒吊之人、高塔。

乍看之下，李成空居然不知道該如何解釋，他完全感受不到任何關於戀愛的解答，反而察覺出某些暗示。

這三張牌面他不管怎麼解讀，都指向最終一個結果，死亡。

李成空看著這三張牌冷汗直流，始終不知道怎麼解釋，這要是沒說好，可是會引來不必要的麻煩，但是……

他轉頭與余家寶對上視線，這傢伙也在解讀這三張牌面，面色同樣凝重，就算不懂塔羅牌箇中的含意，他也猜得出這是在指什麼事情。

「請問，是什麼意思呢？」葉品如看他們倆同時沉默，面色凝重，不由得也跟著緊張了起來。

「這個嘛……妳這個戀愛運啊……」李成空頓時詞窮，以往他解說命盤可沒這麼支支吾吾，但是眼前攸關人命，他該如何斟酌名詞？

「怎麼樣？看你們這表情，好像不太好……」葉品如有些失望，她十六歲，正值半大不小的年紀，這時候的女孩子對於戀愛總有幾分幻想，她當然也不例外，尤其現在有暗戀的人，每天擱在心裡，當然也會想著跟對方是否有機會。

「是……還好啦，妳還年輕，戀愛運還不夠清楚，不如這樣，我用命盤幫妳推看看姻緣？看命盤才是我的老本行呢。寫下妳的生辰八字，我來幫妳推推看。」李成空立刻轉了個話題，不敢針對那三張牌多做解釋。

「真的可以嗎？剛剛我抽出來的牌算不出結果啊？」葉品如從自己的書包裡拿出筆記本，毫不介意地寫下自己的出生年月日，幾點幾分出生都寫得清清楚楚，毫不避諱。

「剛剛呢，第一張是命運之輪，表示妳的戀愛運還沒開啟。」李成空開始胡說八道。

「第二張是倒吊之人，表示妳的戀愛運還被綁著，還沒出現。」這當然也是胡說。

「第三張的高塔，也是一樣的結果，總之妳的戀愛運還被鎖在高塔，現在沒有桃花。」這個鐵定也是胡說。

「這麼糟啊？」葉品如難掩失望，心想自己暗戀的人沒有好結果了，是吧？

「也不能說糟，是機緣未到。來來來，我幫妳看八字算姻緣，這需要點時間，妳等等啊。」李成空笑笑地說著，低頭開始解讀她的生辰八字，就在這一瞬間，他竟然覺得這些文字宛如扎著他眼球般的疼痛，熱熱燙燙的，一度讓人喘不過氣。

「……如何？」

「妳這個姻緣還不明確呢，這命盤要妳好好唸書，完成了學業，好姻緣自然就會浮現，先不要急，最好呢……到大學畢業之前都不要交男朋友，只要過了這關卡，妳、妳呢……自然就平步青雲，要什麼有什麼，父母也不會對妳太操心，總之……這段時間盡量避免外出，懂嗎？」他的雙眼依舊刺痛不已，卻還是努力地掰出任何人聽了都開心的言詞，而且難掩不安地對這女孩叮嚀幾句。

「這樣啊……」葉品如看起來是接受這個說詞，比起塔羅牌似乎更能接受這種命理算命。

「尤其啊，妳的桃花很不錯，可惜二十歲之前都是爛桃花，不管是妳喜歡的對象，或者是喜歡妳的人都不好，知道嗎？」李成空這下更狠狠地直接斬了女孩的桃花，他知道這女孩漂亮，身邊不乏追求她的男性，剛剛讓他的雙眼痛得張不開的奇怪畫面，就是幾個看起來不怎麼

友善的傢伙正在靠近女孩。

這是天機，他不能洩漏，卻也想盡量婉轉地告訴女孩，讓她可以避開劫數。

「妳這樣講，我真不知道該難過還是開心……」葉品如的表情是落寞的，她對感情一事本來就抱持著美好幻想，而如今似乎被這個命理師給破滅了。

「人要是能平安，就該開心，滿二十歲後就會有理想的對象，一個疼妳的老公，不愁吃穿呢。」李成空笑了笑，用盡心思安慰女孩。

「謝謝你了。」葉品如跟著微笑回應，但是依舊難掩失落。

他們又短暫地交談了幾句，沒多久女孩因為門禁問題早早離開。李成空為了表示誠意，這一頓餐飯都是他出錢，葉品如雖然想推拒，卻在余家寶的勸說下欣然接受。

她離去後，又剩下這兩人有意無意地喝著茶，吃著點心，彼此沉默了好一會兒。

「你看到了什麼？」余家寶喝下一口冰淇淋蘇打，接著又問：「你剛剛全都是說謊，對吧？」

這時，李成空往桌上趴，大大地嘆了口氣，那模樣看來既疲憊又痛苦。

「有時候真相更殘酷，你能體會我老是被說不準確的心情嗎？我也不曉得我這是什麼天命，老是看到不好的結果，人家滿心期待地來算，我怎麼能讓他們失望呢？」

李成空雙手埋住臉，悶聲地說道。沒人可以懂他一直以來的鬱悶，他想，就連余家寶也一定不懂，才會說他剛才在說謊。

「所以，你看到了什麼？」余家寶情緒平淡地問道，對於他的鬱悶尚在理解中。

「塔羅牌的結果很明顯，命運之輪代表命中注定，倒吊之人代表著犧牲，高塔則代表束縛，短時間內會有崩毀、巨大的變動，不管怎麼解釋都指向一個結果，命運將終結。」李成空一手撐著下巴，看著尚未收起的牌面，悶悶地說道。

「果然，所以你剛剛解釋完全胡說八道，還逃避現實。」余家寶不意外地點點頭。

「不然呢？我要直接說『小妹妹，妳快死了唷。』？」李成空沒好氣地反問。

「好吧，那麼剛才你看她的生辰八字的結果呢？看你掰得滿頭大汗，一定沒一句真的。」

面對這個問題，李成空帶著幾分哀怨的眼神聽著他許久許久，盯得余家寶渾身不自在想開口罵人時，他才開口：「命定死劫，紅顏薄命。」

僅僅八個字道盡葉品如的命運，他覺得很無力，甚至希望這一切都不準確，但……

「這樣就夠了，從今晚開始，我會負責保護她。」余家寶不知道哪裡來的自信，毫不在意地說道，那抹輕鬆愉悅的模樣，與李成空相差甚遠。

「你？你要怎麼做？」李成空一愣，覺得跟不上這少年的思維了。

「有這些資料就夠了，不是說過了嗎？我要抗命，所以今晚我決定約她出來說出真相。」

「啊？你要直接跟她說？」李成空瞪大眼睛，被他的決定嚇壞了。

「這是最快的方法啊！」余家寶充滿自信地朝他一笑，李成空沉默不語，他用膝蓋想也知道，現在怎麼勸都沒用，明知這件事錯得離譜，他一時之間卻想不到更好的辦法阻止。

「瘋子，我勸你不要這麼做，會出事。」李成空用著極小的音量低咒一聲。余家寶當然沒聽見，依舊努力想著計畫，看著他這麼自信滿滿，李成空打從心底感到不安，心裡想著非要好好守著這小鬼才行。

◇◇◇

晚上八點半，結束數學補習課程的張真一，剛從車站前的補習班大門走出來，但是他才跨出一步，一看到對街的男人，立刻轉身掉頭就走。

「喂喂，你別走啊！好歹我在這裡等了你一個多小時耶。」李成空看他想逃跑的樣子，急忙追上攀住他的肩膀。

「幹麼？你怎麼知道這裡？」張真一無奈地發出嘆息，轉過身面對現實。

「我問過阿寶，他說你晚上都在車站前的補習班上課，這裡有五、六家補習班，直接在這裡堵人。」李成空嘻嘻笑著，自認此舉相當聰明。

「……你很聰明，所以有何貴幹？」張真一皺起眉，看著對方不懷好意的笑容，頭開始隱隱作痛。

「有點麻煩，要找你幫忙。」李成空面露苦笑，語氣裡還多了幾分哀求。

「我可以拒絕嗎？」張真一完全不想蹚這個渾水。

「為了阿寶，拜託你答應。」李成空雙手合掌懇求著他。

張真一沉默許久，最後對方才心軟些。

「那傢伙又搞了什麼麻煩？」張真一覺得他這個小老師的工作已經超越太多權限了，簡直是余家寶的老媽吧？

「他要去抗命，救一個女孩，我守了他很久，不過就是尿急去上個廁所，這傢伙就溜出門了。」李成空對上張真一那雙困惑的眼神，搔搔臉頰，避重就輕地繼續解釋：「我預見了某個女孩的死期，就在這五天之內會遭遇不測，那小子想要救那個女孩。」

「……所以呢？」張真一扶額，這頭疼越來越嚴重，怎麼舊事重演了？

「他用著很爛的手法，簡直跟把妹一樣的方式靠近那個女孩，現在正要去跟她說死期的

事。」

張真一聽完後，依舊陷入沉默，許久、許久、許久之後才點頭：「走吧，你帶路。」

◇◇◇

余家寶用了點手段查到了葉品如的住處，他人現在就躲在街角緊盯著那戶四層樓的透天房子，屋內除了葉品如以外似乎還有別人，雖然聽不見聲音，但是每一層都是點著燈，偶爾還有人影晃來晃去。

他猶豫許久，卻始終不知道如何讓葉品如知自己死期將近的事情，先前一股腦兒地只想接近這女孩，卻沒想過該怎麼讓她接受事實，這時他就很能體會李成空老是算出不祥之事的鬱悶感了。

他掐著手機，點開訊息的畫面，足足改了好幾次草稿，始終無法發送出去，最後大概是累了，索性靠在牆邊喘口氣。

「真是的……」他看著手機，還是沒想好內容，這時卻被不遠處的奇怪動靜給吸引住，他悄悄地探頭望去，卻看見有個瘦高男子正仰頭望著葉品如的家門口，大約過了五分鐘才轉身緩緩離去。

余家寶覺得奇怪，一般常人不會這麼盯著外人的家這麼久，而那人走了幾步路後又回頭望了一眼，他這時不小心看到對方的眼神，頓時覺得一陣惡寒。

他的直覺向來不差，這傢伙大有問題，但是這人目前也不過看了別人家門口而已，不構成犯罪，要是沒搞好，反而會惹來一身腥，他只好作罷，眼睜睜地看對方遠去。

於是他又靠著牆嘆息、苦惱，掐著手機繼續敲敲文字，最後心一橫，他只丟了幾句：「今天替你算命的朋友，忘了補充幾個叮嚀，近日凡事注意安全，保護好自己。」

隨後，他不管對方是否有回應，將手機塞進褲子口袋裡，鬱悶地往回家的方向走去。他覺得自己很沒用，緊要關頭時卻像李成空這麼多慮，他覺得心情很糟，決定去猛灌可樂澆愁。

但是，當他解完悶返回宿舍時，卻看見門外站了李成空與張真一，一副凶神惡煞地盯著他不放。

「你去哪了？」李成空惡狠狠地問道，一副孩子夜歸，痛徹心扉的模樣。

「我去哪不關你的事吧？讓開，我要進屋睡覺了。」余家寶越過他們一邊打哈欠，一邊露出滿不在乎的輕浮姿態。

「哇靠！你這沒禮貌的小鬼，我跟張真一找了你一整晚，超擔心你出事，你竟然是這種態度？」李成空氣不過，一手扳住余家寶的肩膀，說什麼也要聽到這傢伙一聲道歉。

「你們又不是我爸媽，管這麼多？別擋我的路啦。」余家寶拉開他的手擰起眉，心情已經更鬱悶，被李成空這麼一鬧，更生氣了。

「你這什麼態度？我怕你幹傻事啊！還是要我去跟城隍爺告狀，你才甘心？」

「你敢告狀試試看！小心我揍你。」余家寶一個回頭狠瞪了他一眼，他最痛恨被威脅了。

「我怎麼不敢？你跟葉品如說了吧？一個不小心就沒看見人，我慌得直接找張同學幫忙。」

「你找他做什麼？關他什麼事情？」余家寶嫌惡地掃了兩人一眼，尤其張真一那雙冷淡的眼神，讓他更為光火。

張真一被他這麼一瞪，依舊不為所動，一如往常地冷靜盯著他們一來一往吵鬧不休，直到兩人鬥嘴鬥得累了，他才緩緩開口。

「你沒跟葉品如說，對吧？」張真一這語氣是肯定句。

「沒說又怎樣？我只是還沒找到機會說而已。」余家寶完全藏不住心事，彆扭地吼著。

「什麼啊……早說啊，害我這麼擔心。」李成空倒是鬆了口氣，這個張真一能立刻看出真相也真不簡單。

「你的方式不對，要保護一個人，不是這種方式。」張真一推推眼鏡，一副在教學的姿態，這讓李成空越聽越覺得古怪。

「張同學，你想幫他？不是吧？」他覺得被背叛了。

「我只是在教他。」張真一很冷靜地解釋，他太清楚余家寶的個性，現在就算用繩索綁住他也沒用，不如教他一些方式。

「你可以當個保護者，接近她，從當她的朋友開始。如果手段好，直接交往也行，這是最快的方法，不用說出死期，又能好好保護她。」

「……你要我去把她？」余家寶皺起眉，覺得這個任務有點難。

「這只是其中一個建議，我真心希望你不要惹麻煩就好，好好思考怎麼做，拜託。」

「我怎麼覺得你剛剛在罵我笨？」余家寶皺起眉反問，這傢伙罵人還真從不帶髒字。

「你想太多，你們兩個最好都冷靜點。時間很晚了，我該回家了。」張真一嘆了口氣，這一折騰竟然已經快午夜十二點，幸好家人開明，從未給他門禁的限制。

「再會，兩位也請好好休息。」張真一朝他們行禮，不等道別轉身離去，被丟下的兩人的確也已經冷靜許多。

「有時候，我總覺得張同學的身體裡住了一個老頭，大概六十歲。」李成空無限感慨，怎麼這孩子這麼成熟呢？

「同感。」余家寶難得與他有共識，這個張真一實在太像老頭了。

他決定偷偷給張真一起個暱稱，就叫張老頭。

第七章

戀愛經驗是零，
抓鬼經驗是MAX

某天，謠言不知道從何時開始起的。

等到聽進余家寶耳裡，已經變成這般局面……

「余家寶，聽說你在跟聖安女中的人交往喔？粉絲團聽說破萬的女神啊。」

「不是，這是從哪聽說的？怎麼連我自己都不知道？」一臉睡眠不足的余家寶喝著豆漿一臉困惑，他當鬼差夜裡抓鬼的工作都來不及了，怎麼會傳出這麼可笑的傳聞？

「還裝傻，很多人都看見了，你最近放學後都去找那個女的，還一起去咖啡廳約會。余家寶，我怎麼都不知道你這麼厲害？每天看你都在學校打瞌睡，沒想當把妹的功力一流。唉唉，你應該也有認識聖安女中其他的女生吧？幫個忙吧，試看看能不能聯誼啊！」這名男同學立刻就露出狐狸尾巴，那妄想的模樣看在余家寶眼裡相當不舒服。

「亂七八糟，沒有的事情就是沒有，你們誤會了。」余家寶喝完手中的豆漿，還用力地吸了一大口，壓扁整個包裝盒，接著轉身順手一丟，一道華麗的拋物線，順利將包裝盒丟進垃圾桶裡。

「總之，這些全都是胡說八道，我只是碰巧認識那個女孩，沒有交往，我要睡了。」他雙手交疊往桌上一趴，決定不再理會同學，原本圍觀的人們看他態度這麼冷淡，無法繼續追問下去只好一哄而散，但是離去前還是不忘丟幾句碎念，認為余家寶騙人。

然而，事實是他與葉品如之間，因為那封簡訊而起了奇妙的變化。

「請問，這通簡訊是什麼意思呢？」

葉品如充滿困惑的回覆，這讓一早醒來起床氣還沒退散還夾雜昨夜滿滿挫敗感的余家寶，皺起眉覺得頭疼。

同時，他還聽見在下鋪的李成空正呼呼大睡的聲音，讓他不禁探頭往下望，看著對方張嘴睡得正熟，一時氣不過，拿了顆枕頭往他身上砸去。

李成空沒被他的突襲吵醒，反而抓過枕頭蹭了幾回，翻過身，睡得更為香甜，余家寶看得雖然更氣，卻也不能做什麼，只好窩回自己的床被裡繼續生著悶氣。

他瞪著葉品如回覆的那封訊息許久，這時就非常痛恨自己缺乏社交這一塊，連好好地回應對方都是個問題。

最後，他細細琢磨張真一叮嚀過的重點，總算想到該如何回應葉品如了。

「我那個算命師朋友說，妳最近運勢會比較低，有點麻煩，要我來保護妳，幫妳度過難關。」

余家寶對這段話很滿意，他笑了笑立刻按了發送，這會兒心情總算緩和許多。

「哈哈，你這不是想追求我，隨便想出來的詞吧？」葉品如立刻回覆這麼一段話，還附贈了個瞅咪的笑臉。

余家寶這會兒又愣了，他這個行為……明明很正當，怎麼會被誤解成這樣子？

他可是好心想幫這女孩，怎麼能容許被這麼誤解呢？

於是，余家寶又被挑起微微的怒氣，這世上不只有談感情這種事吧？他可是談正事啊，混帳！

「我對女人沒興趣。」他淡淡地回，還把原本寫再下一句的「我只對鬼有興趣」刪除。這種話不是隨便人都可以說出口的，要跟葉品如打好關係，回應上都必須特別小心。

「是李成空要我來保護妳，妳的命盤裡有個劫數……李成空就是幫妳算命的人。」

他連發了兩次訊息，對方則是遲了些才回應。

「劫數？這個在當時並沒有說啊……你不會是騙人的吧？」

從葉品如的回應裡，看得出她有些困惑與慌張，但是也充滿質疑，很少與人這麼費心思溝通的余家寶，又苦惱了許久才回應。

「那傢伙就是心軟，怕妳擔心才沒說清楚，但是妳有危險是事實，有沒有覺得最近身邊有些古怪的事？」余家寶說的這些可就是事實了，李成空說好聽點是好人一個，難聽點就是怕事。

葉品如似乎被他這番話打動了，但是卻也延遲了更久才回覆。

「……是有古怪的事，但是我家人都說是我多慮，我最近常有東西不見，都是些小東西，唇膏、手帕、小飾品……等等，我本想或許是我粗心沒放好，但是掉東西的頻率越來越高，我都懷疑是不是有人看我不爽，才做出這些事。」

余家寶盯著這行字琢磨許久，字裡行間似乎有了些暗示，但是看起來還不至於引來多大的危險，於是他又繼續問。

「除此之外呢？有沒有更奇怪的事情發生呢？」

「沒有，但是偶爾……會有奇怪的男人偷看我，我也不確定是不是在看我，但是常常在學校、住家附近，或者超商碰見同一個男人，經常與對方碰上視線，我總覺得不太舒服，但是對方又沒有對我做什麼事，或許是我多慮……」

葉品如丟回這訊息時，還夾帶了一個哭泣的臉龐。對一個女孩子來說這的確是挺恐怖的事，只能不停猜想，看得出來她對此事感到非常不安。

余家寶這時才想起，昨晚守在葉品如住家附近時，的確看到了一名男人往她家門口仰望許久，與葉品如的描述不謀而合，這點倒是個相當有力的線索。

「別慌，我可以保護妳，我跟朋友說好的，我會盡力幫妳。」余家寶這字字句句回得真誠，試圖讓葉品如能多相信他一些。

「好，麻煩你了。」葉品如回了這句話，還送個微笑的表情，這下才讓余家寶安心下來。他將手機貼在胸口悠悠地嘆息，轉頭過去卻看見李成空勾著一抹曖昧的笑意，將頭枕在上鋪床墊邊，不知道這麼盯著他多久了。

「你幹麼啊？想嚇死人啊？」余家寶皺眉喊道，還忍不住伸手抓起另一顆小抱枕往他臉上砸去。

「我就想說你今天特別晚起，好奇看看，看你一邊滑手機一邊喜孜孜的樣子，談戀愛了喔？」李成空扯掉小抱枕，這抹笑特別詭異，尾音那陣陣地嘿嘿嘿嘿，惹得余家寶非常煩躁。

「談你媽的戀愛，我這是在跟葉品如打好關係，我要替她避劫啊。」余家寶沒好氣地坐起身，看看時間已經是早上十點，雖然今天是假日，但是以他的生活作息的確是晚了些。

「你還沒放棄這件事喔？」李成空皺起眉心裡又泛起微微的不舒坦，坦白說，葉品如這件事他非常不想去蹚渾水，儘管這女孩的死期是他算出，但是生死有命，閻王要她三更死，又怎會讓她拖過五更？

「我從來就沒有放棄過，我跟她約好以後每天會陪她去上學，外出時我能盡量跟就跟，只要回到她家我就會結束當天的保護工作。」

「你這是稱職的保鏢啊？有沒有考慮以後去應徵保全的工作？」聽到這約束，李成空忍不住笑出聲，怎麼感覺像是年輕人之間的小情小愛？

「你很吵，你是老頭嗎？怎麼一副想看熱鬧的樣子？」余家寶真的快受不了他那抹怪笑，伸出一掌狠狠地拍了他的臉，這力道不小讓李成空退下床鋪，摀著臉發出哀鳴。

「很痛耶！開點小玩笑都不行嗎？」李成空頗有想跟他大吵一場的陣勢，沒想到余家寶只是靜靜地看著他一會兒，發出輕蔑的嘆息。

「李成空。」他用著嚴肅的語氣這麼叫喚著。

「幹麼？」對方被他這不變的嚴肅態度搞得有些不知所措。

「我只是不想重蹈覆轍曹子茵的事。」

◇◇◇

但是，余家寶跟聖安女中的葉品如正在交往的傳言，卻開始宛如一場煩人的流行性感冒，開始在這兩校之間流傳。

余家寶一開始還會反駁，約莫過了三天他便放棄掙扎了。

每天都有人看見他陪葉品如上學、去補習班，甚至傍晚一路護送她回家，要說這不是戀愛，外人根本不信。

「真好笑，我這裡也說了好幾次，他們就是不信。」葉品如帶著苦笑，手中拎著書包，裡面全都是今天補習班發下來的講義，身為高二的學生，再過一年就要面臨大考，現在開始的每一天都是重要的日子，但是同樣是高二的余家寶卻一派悠哉，看起來完全沒有升學壓力。

「隨他們說吧。」余家寶看看時間，距離李成空說的五天之內的死期，已經過了兩天，加上先前花掉的時間，明天就是第五天。

越是接近指定的日期，余家寶更顯得小心翼翼，但是他並未與葉品如提及這件事，至於那個奇怪的男人也已經兩日不見，但是也不能因此鬆懈，畢竟要一個人死亡各種方式都可以。

「可是啊……阿寶，這幾天下來其實沒發生什麼事，會不會你那個朋友算錯了啊？」距離家門前還剩幾尺的葉品如，回過頭有些好奇地問道。

這幾天下來，她已經被各種流言鬧得很頭痛，這戀愛運都是爛桃花的說法，倒是準了一些。

「相信他，他算出來的壞事總是特別準。」余家寶嚴肅地對她這麼說。

「這該說什麼好呢，哈哈……」葉品如乾笑了一會兒，這種事真不能拿出來說嘴。

「不過，過了今天，妳的劫數期限就過了，只要忍耐幾個小時，明天開始就不需我出面保護了。」余家寶看看時間，距離午夜十二點還剩幾個小時而已，這五天不長不短，卻讓人感到漫長。

「希望可以順利度過。」葉品如已經站在自家門口，滿臉笑容地與他道別。

「一定沒問題，但是如果有任何狀況，隨時打電話給我。」余家寶確認她已經到家，認為不需繼續跟隨，率性地朝她揮手後轉身離去。

葉品如目送他到下一個轉角處消失後，才轉身進屋。這時間家人都已經回來甚至吃過晚餐，身為考生的她永遠也只能吃母親特地為她留下的晚餐。

「我回來了。」葉品如一邊脫鞋一邊對著家裡頭喊道，這時葉媽媽一邊搓著圍裙一邊帶著微笑走來。

「回來啦？晚餐我幫妳微波好了，趁熱吃。」

「好。」葉品如低頭脫鞋、換鞋，接著才直起身脫掉身上的外套，抬頭一看才發現母親身後多了個不曾見過的陌生男人。

「媽，這位是？」葉品如頓時充滿警戒，因為這人盯著他的眼神像把銳利的刀。

「這是我跟妳爸找來的家教，最近不是說數學一直沒辦法提升成績嗎？所以我們透過家教中心找來的，他叫做何臨鎮，是國立S大的理科生，以後每週四跟五會來幫妳加強數學一個小時。」

「妳好，請多多指教。」這名叫何臨鎮的大學生看起來相當有禮貌，戴著一副細框眼鏡。斯文的模樣，的確有著高材生的感覺，但是葉品如總覺得這人看起來有些古怪，她想或許是陌生人的關係。

「從今天開始的每週四、五的九點到十點，都由我來幫妳加強數學。」但是，何臨鎮的態度無懈可擊，讓葉品如無法拒絕，只好先請對方先進書房稍待，等她吃完晚餐後開始家教的課程。

但是，就在吃飯的空檔，她有些不安地發了一則訊息給余家寶。

「我父母替我請了一個男大學生當家教，不知道是不是心裡作用，總覺得有點害怕。」

約莫三十秒後，余家寶立刻回覆了。

「別怕，有任何問題隨時告訴我，我會保護妳。」

「謝謝你了，能有你這句話真是安心了。」

葉品如這句還帶著滿滿微笑表情的回覆，讓余家寶不經意地露出淺笑，這抹笑全被正在迷魂茶樓一起吃晚餐的「同事」們看見了。

「成空啊，阿寶在談戀愛的事，你怎麼都沒說啊？太見外了。」孟婆舉著筷子夾起盤子上的炸春捲往嘴裡送，今天的手指甲上還塗上了鮮豔的紅指甲油，使得她看起來比平日還要妖豔嫵媚許多。

「我不能亂說，不然會被這小子揍，讓他自己說。」李成空看了余家寶一眼，想也知道他正在跟誰傳訊，他裝作局外人低頭吃了一口茶碗蒸，這一口讓他不禁發出滿足的喟嘆。

不得不說，雖然被強制納入迷魂茶樓旗下的員工有些不爽，但是他們辦的伙食還真不錯，包吃包住還包水電，比起過去省吃儉用的日子師實在好太多，尤其茶樓的當家主廚，紀信的手藝比外頭的餐館好上太多，讓他的嘴都被養刁，今天晚餐裡有一道小籠包，他嚐了一口直覺是人間美味，完全不輸知名店家的手藝。

「不是戀愛，是我認識的一個朋友碰到了一點困難，需要我幫忙。」余家寶很鎮定，沒在孟婆面前露出馬腳，但是他被這女人的曖昧眼神盯得很難受。

「哦？是嗎？我還以為茶樓該來辦一場慶祝會了呢。」孟婆滿滿笑意，刻意放輕的語氣令人感到心虛。

「別沒事找事做，我有點事要出去，先失陪了。」余家寶擱下筷子，桌前的晚餐也才吃掉一半，便急忙地離開，更不去理會這些人的注視。

直到他離開茶樓之後，孟婆夾起一塊清燉雞肉湊進嘴裡慢條斯理地吃著，李成空則彆扭地埋頭猛吃，形成一陣尷尬的沉默。

「成空啊，你說這不是戀愛是什麼？」孟婆笑笑地問道，李成空恰好嘴裡有一口飯，被她這麼一問，萬般困難又猛拍胸口之後才吞下食物。

「年輕人的事我不懂啊。」李成空哈哈笑著，繼續敷衍對方的問題。

「成空，要是你跟阿寶有事瞞著我不說，到時惹出大麻煩，我可是會處罰你們喔。」孟婆說完後又送給他一個美麗的微笑，卻讓李成空頭皮一陣發麻。

他心想，這女人真的很不簡單，好像什麼事都逃不過這人的眼睛，他不知道余家寶的事能不能順利掩護過去，現下他也只能繼續裝傻，並在心裡用力祈禱余家寶不要出事，因為他這個見鬼的不好的預感正打從心底源源不絕地冒出。

而余家寶當然不知道李成空的擔憂，他只是奮力地奔跑，想盡快抵達葉品如的住處。她的住處離茶樓有段距離，其中還得轉搭一次捷運站，這段時間並未再收到對方的訊息，難免有些擔憂。

就在他跨出捷運站出口，總算再次收到葉品如的訊息。

「已經結束家教課程，老師人還不錯，我現在要送他去搭車。」這則訊息看起來很平常，

而且從語氣看來對方還挺開心的。

余家寶瞪著這幾行字，至今還因為奔跑而喘個不停，他就這麼呆站在捷運門口許久，最後露出一絲苦笑。

「我在窮緊張什麼啊……」他太過害怕葉品如的死劫，一丁點小變化都會讓他坐立難安，但是現在看來應該是沒事了。

「是嗎？那就好，沒事就好。」他這麼回道。

「抱歉，讓你擔心了，我先下樓送老師搭車，就在我家門前，很安全的。」葉品如很快地這麼回著。余家寶只丟了句OK之後，轉身走回捷運站。

李成空的五天死劫還剩兩個小時多，他想說不定就在前幾天就被化解掉，接下來只要等葉品如報平安的訊息，這件事就能有個了結了。

但是，約莫過了一個小時，時間來到十一點，余家寶卻遲遲沒收到葉品如的回訊，已經返回茶樓宿舍的他開始感到不安，並在房間內走來走去，這讓已經躺在床上醞釀睡意的李成空覺得有些煩躁。

「你幹麼不睡啊？不是說沒事了嗎？」

「葉品如還沒報平安，我不放心。」他說完後順勢丟了一句訊息。

「妳還醒著嗎？」

以往，葉品如從不延遲訊息，但是這次他足足等了五分鐘卻始終看不見對方回覆。

「搞不好人家已經睡了啊。」李成空受不了，下床湊近他一起看著手機畫面，他還忍不住暗暗吐槽這根本就是戀愛。

「不可能，至少要道個晚安吧？」余家寶皺眉說道。

「唉唉，她訊息顯示已讀了。」李成空這時恰好看見余家寶丟出的訊息出現提醒。

但是，對方已讀不回的舉動讓余家寶更不安了。

「葉品如，妳在嗎？回個訊息吧。」他又這麼問，很快地呈現已讀，卻遲遲沒有回應。兩人就這樣等了兩分鐘後，收到訊息的鈴聲這才響起。

「她在，很晚了，要睡了，你別吵她，別讓她再醒過來。」

單單這行字，讓余家寶與李成空一臉驚愕地對視一會兒，心裡暗叫不妙。

「出事了。」他們倆異口同聲地這麼喊道。

◇◇◇

余家寶與李成空抵達葉家時，可以感受到這家子正處於不安的氣氛之下，前來開門的葉媽媽，一看到是陌生人，立刻起了防備之心。

「請問你們是誰？」葉媽媽只開一個小門縫問道。

「我們是品如的朋友，因為她一直沒有回我訊息，我有點擔心。」余家寶立刻亮出自己的手機畫面，好讓葉媽媽可以安心。

葉媽媽盯著他與手機好一會兒才又問：「你們知道品如去哪了嗎？」

「我們也不太確定，但是可以幫妳找找看。」余家寶這時立刻表明來意，他可以感覺到這位母親的擔憂全寫在臉上。

「你們可以幫忙嗎？品如說要送老師去搭車，結果到現在還沒回來，打電話也沒人接，真不曉得送到哪去，想報警也沒辦法，因為還沒到失蹤的時間上限，警方根本不受理。」葉母嘆了一口長氣，啞著嗓子，聽起來像是快哭了。

「妳有那位家教老師的電話嗎？」李成空插嘴急忙問道，用膝蓋想也曉得問題鐵定出在這個老師身上。

「那位老師的手機關機，我試圖打了好幾回，一直聯絡不上。」葉媽媽搖著頭，面容憔悴又絕望。

他們兩人互看一眼，很清楚繼續問下去是無法得到解答，必須有所行動才行。

「妳知道他們往哪個方向走嗎？」余家寶認為，既然沒有頭緒只好自己找線索。

「從這個方向直走，下一個路口有個公車站牌，因為家教老師第一次來這裡，路況不熟，我女兒好心幫忙帶路，直到現在卻還沒回來。」

「往那裡嗎？我知道了，我去幫妳找找。」得到方向的余家寶多留一分鐘都嫌可惜，朝葉媽媽點頭致意後，帶著李成空往路口跑去。

但是，由於已經是深夜時分，加上這附近是寧靜的住宅區，葉媽媽說的公車站牌下，一個人影都沒瞧見，只有對街的便利超商亮著燈，讓這個無人煙的街口看起來不是這麼的冷清。

「好啦，沒人，一定沒人，接下來該怎麼辦？」李成空氣喘呼呼地問，他總覺得今天是來參加馬拉松大會，被這小子拉著到處跑，整個肺活量都快被耗盡。

「我想想……」余家寶雙手環胸低頭苦思，他知道問題一定出在這個家教老師，最快的方法當然是找出這個人，確保葉品如的安全，但是沒人知道他們的去向，簡直是大海撈針。

「站在這裡發呆也不是辦法，我去超商裡問問。」李成空是個沒耐性的人，他直接越過馬路跨進超商裡詢問。

「我不覺得可以問到線索。」余家寶雖然認為無法問出個好線索來，還是快步跟上，多少

能探聽一些消息。

「請問一下，你有看到一個高中生跟一個男人經過這裡嗎？大概在九點半至十點半之間。」李成空一進店裡劈頭就問，對方連一聲歡迎光臨都來不及喊。

「沒耶，這裡來往的客人這麼多，我沒注意。」店員搖搖頭說道。

「真的沒有？這時間這裡應該沒啥客人，你在想想啊。」李成空不死心地問著，好歹自己也是個超商店員，什麼時段什麼地點會有多少客人，他自然也是清楚不過的。

「如果要說客人……剛剛倒是有個男大學生進來買東西，不過他買的東西挺少人會買的，是一把剪刀跟一卷膠帶，結帳的時候還很分心，左顧右盼，我還以為他偷東西咧。」店員這時倒是挺配合地回憶說道，光是這點證詞對他們來說似乎是非常光明的指引。

「後來呢？他往哪個方向走了？」余家寶急忙追問。

「我不太確定……出店門口之後就往右走了吧。」店員搔搔臉頰，沒啥把握地說道。

「謝了。」余家寶丟下這句話後又匆忙地往對方指引的方向跑去。李成空無奈地跟在後頭，剛剛說進來這裡問不到結果的人是誰啊？

現在比誰都還要激動的人又是誰啊？

他氣喘呼呼地跟著余家寶在後頭跑，接連跑了好幾個巷口，還是沒看到任何人影，這時他的手機卻傳來來訊的提示鈴聲，透過路燈他困惑地掏出手機，發現發訊者是葉品如。

當他點開訊息時，突然跳出一張足以讓他倒抽一口氣的照片。

李成空湊近一看，也嚇得叫出聲。

「哇靠！這該報警了吧？」李成空看著圖片裡的女孩，正是葉品如。原本好看飄逸的長髮被剪得亂七八糟，身上被膠帶捆了好幾圈，看起來跟個木乃伊沒兩樣，模樣看起來驚恐又不安，眼角還帶著淚水。

余家寶瞪著這張照片，胸腔滿滿的怒氣，差點就要捏碎手機了。

「你先冷靜。」李成空看情況不對，搶過手機敲下幾個字回問。

「你到底是誰？你們在哪？」

「看你們找得這麼慌張，真有趣。」

李成空一看到這回覆立刻抬頭四處張望，這人應該就在這附近，而且是可以看見他們的位置。

「別裝神弄鬼，你這是犯罪，快說你們在哪。」

「就說她睡了，沒看見照片嗎？你們快回家休息，待在路口也沒用。」

「這傢伙在附近。」李成空瞪著再也不願回覆的訊息畫面，咬牙切齒地低語。

「到底在哪？」余家寶抬起頭看著，想看出究竟是哪棟建築物可以看到他們的一舉一動。

「分頭找吧，隨時用手機聯絡。」李成空將手機還給，同時指揮雙方往不同方向尋找。余家寶點點頭沒有異議，一聲不吭地往另一個方向跑去。

李成空看他跑遠的身影，看得出這個正義感十足的少年現在心慌得很。距離午夜十二點只剩一個小時不到，他預測的死期期限就快到了。

「真不想讓這件事成真。」以往不曾感受過一個人死期將近的壓力感，這會兒卻特別真實，讓他也感到不安。

「不管如何，得快點找到人。」他轉身往另一個路口跑去，循著剛才對話的線索，他猜測這傢伙一定在高處，但是到底在哪呢？

「媽的，眼睜睜看這種事發生真不爽。」他仰頭邊跑邊找，企圖找到一絲線索，但是他就這麼跑了約十分鐘後，什麼鬼影都沒看見，只好抓起手機丟訊息問問余家寶的狀況。

「你那邊有什麼消息？」

他等了好幾分鐘，不見對方回應，又焦躁地敲了同樣的訊息，卻始終沒得到答覆，最後受不了，他直接按下通話鍵，響了好幾回總算被接通。

「喂？阿寶，你那裡有什麼線索？」李成空焦躁地問道，但是另一端卻是寂靜得不可思議，他有點憤怒，這種要緊時刻竟然還裝神弄鬼，是想氣死誰？

「阿寶，說話啊！」

「哦——原來他叫阿寶。」這時，另一端傳來相當陌生的男性聲音，李成空隨即擰起眉，立刻起了戒備。

「你……葉品如跟阿寶都在你的手上？」李成空困難地吞了唾沫，現在的發展完全是他料想不到的。

「他太吵了，而且剛好被他發現，只好也讓他睡了。」對方一陣惋惜，彷彿是一件多麻煩的事。李成空這時已經警覺地循著余家寶跑去的方向四處張望，但是眼前所見只是一整排的住宅區，有些住戶甚至沒開燈，讓他無法判斷到底有沒有人在。

「別找了，你沒辦法知道我在哪的……剛才就是不小心露了馬腳，這次我會特別小心。」對方還送了幾聲悶笑，讓李成空一肚子怒火無處發洩，正當他想開罵時，對方似乎也察覺，搶先一步打斷他。

「晚了，我要讓他們睡了，這一睡可以永遠都醒不來。」對方掛掉電話後，獨留李成空站在街道中央，滿滿的焦急與困惑。

「這該怎麼辦才好？」李成空第一次感覺到如此絕望，想破頭還是想不到辦法，更恐慌著這段空檔就會送掉兩條人命，這對他來說是最壞的結果。

「只能……這麼做了。」他嘆了口氣，抓起手機直撥迷魂茶樓的電話，他已經想不到其他辦法，唯一能做的就是將一切全坦白出來。

「迷魂茶樓您好。」接電話的人，是迷魂茶樓的掌櫃兼助理兼主廚兼一大堆囉哩巴唆職位的男人，紀信。

「你、你好……」一聽到是這個冷淡的男人，李成空不禁又皺起眉。

「有什麼事？」紀信的聲音足以降到冰點，這下讓他琢磨許久才有勇氣開口。

「那個……我跟阿寶出了點事情。」他畏畏縮縮地說，一碰到紀信什麼氣勢都沒了。

「什麼麻煩？」對方還是冷得像塊冰，這次似乎還摻了點不悅。

「呃……」李成空支支吾吾了好一會兒，這下什麼也瞞不住，只好一五一十全說出來。

細細聽他說明的紀信，始終只有「嗯」或「瞭解」。等到全部說明完畢後，紀信這才沉吟好一會兒出聲。

「我說你們真的很會惹麻煩，這麼重要的事怎麼沒跟茶樓提醒？你隨意看到別人的死期本來就是違反人間法則，還瞞著不講，難怪會出事。」

李成空聽著他碎唸，實在非常想將手機拿遠些，但是這種非常時期他也只能忍耐。

「地點？我派人過去支援。」紀信訓話完畢後，才這麼說道。

「能、能幫忙啊？」李成空這下鬆了口氣，他還以為對方會罵完直接掛掉電話。

「不然呢？你們是茶樓的員工，出事當然得支援。你先待在原地不動，我會聯絡城隍廟支援。若是能提早發現他們被藏匿的地點自然是好的，不過還是請你注意安全。」紀信簡單交代完注意事項之後，掛掉電話立刻處理後續，還呆站在街道中央的李成空這下才鬆了口氣。

他不知道茶樓會花多久的時間處理好，他現在只擔心余家寶與葉品如的安危，距離午夜十二點還剩十分鐘，葉品如的五天期限就快過了，他不曉得撐過這段時間，葉品如是否就會平安無事，他只希望這件事能好好解決。

「我竟然忘了一件事。」李成空意識到一個關鍵，不禁仰頭長嘆。

這兩人都是被他預知過死期的人，尤其余家寶還被特別叮嚀，碰到危險時他絕不能離開對方身邊，偏偏這件事還是發生。他越想越不安，要是這件事沒處理好，等於這兩人在他手中死去。

「真要發生這種事，真的是最糟的結果了。」李成空越想越沮喪，甚至陷入自我厭惡的狀態裡，竟然就在這無人的街道上，難受地蹲下身子，發出痛苦的哀鳴。

「你蹲在馬路中央幹麼？」很突然地，張真一的聲音突然出現在背後，讓李成空嚇得站起

身，直盯著他。

「你怎麼會出現在這裡？是城隍爺跟茶樓派你來的？」他的出現完全是李成空意料之外，該不會這傢伙根本是紀信的眼線？

「我跟城隍爺、茶樓沒有任何關係，我只是……」張真一平靜的看著他，但是這種奇怪的時間點再怎麼解釋似乎都沒用。他悠悠地嘆了口氣，才接著說：「等事情解決，我再跟你說明。」

李成空又盯著他好一會兒，內心裡充滿困惑，直覺這孩子有事瞞著他。

「你怎麼曉得我們在這裡？」他越來越覺得奇怪，連茶樓都不曉得他們所幹的好事，為何張真一能第一時間出現？

「因為我感覺到余家寶有危險。」張真一還是很冷靜，簡直可以跟紀信比擬。這年紀能如此穩重，其實也是挺古怪的一件事。

「你可以感覺到？」這是什麼意思？這傢伙在余家寶的體內埋了警報器嗎？

「我們可以先救出阿寶再來處理這件事嗎？」張真一沒好氣地提醒。

「哦，對，可是得等茶樓派人來。」

「他們就快到了，我們可以先處理。」張真一看看手錶，認為時間不能再拖下去了。

「你知道在哪？」李成空看他如此有自信的模樣，不禁感到困惑。

「知道，跟我來吧。」張真一快速地往前走，李成空也只能跟在後頭，滿腹的疑惑只能等事情全部解決才能問個清楚了。

第八章

每個人都有一、兩件不為人知的小祕密

「應該在這裡……」他們走過兩個街口後，」他們走過兩個街口後，在一排外觀一樣的透天房停下。這一帶的房屋都是剛建好，看起來還相當新，有幾戶還亮著燈，張真一就這麼仰著頭細細看著每一棟。

「這裡其中一棟，他躲起來了。」張真一這時閉上眼，簡直像是在感受對方的可能藏匿處。一旁的李成空越看越好奇，心中的滿滿疑問一時還是只能壓下。

「在這裡。」張真一往前走了兩步，在一棟外觀偏歐式的四層建築停下，看著幽暗沒有一絲燈光的樓層，眉頭深鎖地說道。

「想辦法進屋吧。」他轉頭對著張真一說道，對上那雙困惑的眼神，他知道這人想問什麼。

「我知道你想問我是誰，等順利救出阿寶，我再對你們說，現階段我都希望你們兩個都平安無事，好好活著。」

「你到底知道了些什麼？」李成空越來越覺得玄奇，這孩子一如他穩重的外表一般，引人在意。

「我知道的比你、阿寶，甚至是茶樓、城隍廟的人還要多。」

◇◇◇

余家寶是因為被人從後頭襲擊，失去抵抗能力，直到醒來後倚著昏沉的腦袋花了不少時間思考，才判斷出自己身處如何的困境。

他感覺到自己身上全都被膠帶黏住，又悶又黏又難受，整個空間幽暗又寂靜，讓人感到相當不安。

他知道是凶手幹的好事，他不知道對方到底埋伏了多久，他更懊惱自己竟然沒有防備，輕輕鬆鬆地就掉入陷阱裡，雖然現在可能離葉品如不遠，但是自己的處境並沒有好到哪裡去。

因為他身上全被封箱膠帶捆住，根本動彈不得，對方似乎只捆到他的胸口處，沒捆到頭部，還留了一個可以讓他呼吸的空間，而現下他別無他法，只能盡力扭動身軀，試圖往前移動，用有限的力氣察看這個空間有無脫逃的機會。

但是，他這麼努力地扭啊扭，直到碰到一面像是牆的硬物之後，有些無力地停下，發出淺淺的嘆息。

「呵呵，看人掙扎真的很好玩。」一道低沉的聲音從遠處傳來，余家寶立刻朝聲音方向望去，但是眼睛還沒適應黑暗，他根本什麼都還看不見。

「你到底在搞什麼鬼？葉品如呢？你把她藏到哪去了？」余家寶咬牙切齒地喊道，他試圖掙脫，卻依舊徒勞無功，尤其聽到對方輕蔑的竊笑，更是令人憤怒。

「哦？她啊……我剛剛才欣賞完她的最後掙扎呢，人死前與快被捏死的蟲子很像，那麼的無力，卻還拚命掙扎，那真是最美麗的畫面，讓你看看吧。」

這時幽暗的空間伴隨著他陰森的笑意重現光明，一瞬間余家寶還覺得有些刺眼，一下子看不清周遭的一切。

「看清楚點，她才剛放棄最後的掙扎呢。」

余家寶這會兒總算看清眼前的情況，但是他卻看到了相當絕望的一幕。

「喂，葉品如，妳聽得到我的聲音嗎？」

他看見一抹纖細的身影，全被封箱膠帶捆住，側著頭動也不動，他連忙喊了好幾聲對方依舊不為所動。始終在旁看戲的男人笑了笑，走近葉品如蹲下身軀，將她的頭轉向余家寶。

余家寶這時才清楚看見葉品如睜大雙眼，張著嘴，臉色蒼白，已無生命跡象的姿態。他不太相信這個結果，試圖又喊了幾聲，但是對方慘白的臉色在在地告訴他，這人已經死亡。

「如何？她的死狀很美吧？這麼漂亮的女孩子，理所當然地拒絕別人，真的很殘忍，我只好讓她變成永遠也無法招蜂引蝶的姿態，這麼一來，再也不會有別人因為愛上她，而失去了自己。」男人笑了笑，對於葉品如的死，就像是鬆了口氣。

聽在余家寶耳裡，則像是一把諷刺的利刃，讓他疼得又怒又絕望。

「你他媽的混蛋！你、你竟然殺了她？你憑什麼殺了她？」余家寶氣得眼角泛淚，要不是身上被捆著膠帶，他早就跳起來痛揍這個男人好幾拳。

「我為什麼不能殺了她？她長得這麼漂亮，漂亮得讓人困擾，當然要殺了她啊。否則，又會有下一個受害者，就像我弟弟這樣，得不到她，卻把自己給搞瘋了，多可憐。你說，這女孩是不是不該存在？她是個罪人，是個會讓男人傷心的惡魔，本來就該死，對吧？」男人歪頭微笑，對於自己的所作所為絲毫沒有反省之意。

余家寶氣得渾身發抖，仰起頭用盡所有氣力怒罵他。他恨透了自己的無能為力，竟然眼睜睜地看著葉品如死去，就跟曹子茵一樣，只要多注意些，或許她們就不會遭遇不測。

「全都是歪理，你憑什麼殺了她？你這是犯罪，你這王八蛋！」余家寶繼續扭動身子，恨不得快點扯開這些膠帶，無奈不管怎麼使力都無效，他只能靠這張嘴不停怒罵，好能洩恨。

「你好吵啊。」男人這時伸手堵住耳朵，有些任性地抱怨，還一腳踩在余家寶身上，完全不將他放在眼裡。

「好了，我要殺掉你了，太吵了。」他嫌惡地說道，從身後拿出一捆繩索，蹲下身軀在他身上比畫了一會兒。

「我怕血，所以啊，我要用繩子勒死你，會有點疼，你忍一忍啊。」他拉緊繩索，往余家寶的脖子上套。這段時間無法重獲自由的余家寶依舊怒罵不斷，死亡將近的恐懼全被葉品如的死而產生的憤怒感取代。

「去你媽的，你——」他話還沒說完，繩索套上了他的脖子，男人的動作不算粗魯，甚至是非常緩慢，這種死法對他來說簡直跟凌遲沒兩樣。

那人慢慢地拉緊套成圈的繩索，逕自說起話來，語氣裡充滿不解與怨恨，卻也不曾理會對方究竟有沒有聽進耳裡。

「弟弟真的很笨，喜歡一個人也不過如此，你看，我把她殺了，就可以送給我弟弟，讓他們兩個永遠在一起，至於你……實在太礙眼了，我想下手一直找不到機會，但是上天還是眷顧我的，你看，他們大方地請我進屋呢……」

余家寶只整模模糊糊地聽著他說話，自己則好像被沉入了水中一般，喉間被勒緊的疼痛，肺裡的呼吸逐漸被抽乾。他張著嘴，身體深處湧出反胃感，下意識地發出難聽的呻吟與掙扎。

連自己也要在這天死去嗎？不是說鬼差很少遭遇意外而亡嗎？你媽的，李成空你的預言怎麼這麼準？

「余家寶，你聽得見我的聲音嗎？」

他想，他真的快死了，居然聽到李成空的聲音？怎麼死前最後想聽的人，居然是這傢伙啊？未免也太可憐了。

「余家寶，你還活著嗎？」

不是吧？竟然還有張真一的聲音？難道他死前想看見的人，沒有更好的人選嗎？

「我數到三，我們一起撞開門。」張真一像是回頭對某個人這麼說道，聲音突然變得有些遠，伴隨著奔跑聲，最後傳來一陣響亮的撞門聲。

「喂！你想幹什麼？放開他。」李成空大喊著，這時余家寶感覺到被勒住脖子的不適感突然消失，可以重獲新鮮空氣的他，連連咳了好幾聲，趁亂往後退，好能遠離那條萬惡的繩索。

「你們到底……」男人還沒問完，李成空沉不住氣，一拳就招呼過去，打得他的臉都歪了。

男人顯然是措手不及，他以為自己藏得很好，沒想到會有人可以闖進來。他狼狽地往一旁倒去。李成空幾乎是氣壞了，不停地出拳揍人，他這輩子還沒跟人打過架，就屬這一次幾乎讓他氣瘋了。

「你媽的敗類！去死吧你。」李成空想得到的措辭不多，就這幾個字交錯，同時每一句就補上一腳或一拳，打得對方毫無反抗之力，張真一這時趁機會靠近余家寶，一看這人身上都被膠帶纏住，不禁皺起眉來。

「你忍著點，我馬上幫你脫身。」張真一從上衣口袋裡抽出一把美工刀，小心翼翼地順著他的身體曲線往下割，割了好幾下之後這才讓余家寶順利脫困，但是對方卻全身乏力，連坐起身的氣力都沒有。

「你還好嗎？」張真一看他無神，臉色蒼白的模樣，顯得有些擔心。

余家寶沒有回答，只是盯著他一眼，又看著不遠處的李成空，最後視線落在靠在牆邊早已沒了氣息的葉品如。

「李成空，你別打得太過分，這傢伙還得交給警察處理。」張真一大概是現場最冷靜的人，當然他也察覺出余家寶不太對勁。

「好，再一拳就好。」李成空這麼說道，還真的又補了一拳才罷手。

「接下來等茶樓的人到，幸虧你找得到這裡，你到底怎麼知道的啊？」李成空一腳踩在男人身上，以防對方突然又起身攻擊。

「這晚點在說，阿寶不太對勁。」張真一憂心忡忡地又看了依舊動也不動的人一眼。

「阿寶，你怎麼啦？嚇壞啦？」李成空探頭問道，他的確沒看過余家寶這麼失神無助的模樣。

「李成空……」余家寶這時抬起頭，喊著他的名字，似乎還夾帶著幾聲哭腔。

「怎麼啦？」李成空一愣，他沒想到余家寶會這麼毫無防備的哭了起來。

「她死了。」余家寶啞著嗓子，緩了好幾口氣，差點喘不過氣來。

「葉品如死了……」

◇◇◇

茶樓與城隍廟的人，大約在他們制服凶手後五分鐘才趕到現場，被李成空吐槽，根本是電影裡警察總是最後才出現的橋段。耽誤時間的紀信也難得皺眉，抿著嘴無法回應，不過善後收拾還是得由茶樓的人出面才行。

畢竟涉及刑案，更得保護李成空與余家寶不能曝光，紀信還是有自己的人脈與手段。李成空來不及細問後續如何處理的情形下，就被城隍廟派來的神將護送回去休息，畢竟整晚的驚魂消耗掉他們不少體力，這時候是該好好睡一覺，所有問題留到隔天一早再處理。

葉品如的死亡，在隔天占據了社會版新聞的一個小角落，內容裡完全沒提及余家寶與李成空，自然事情傳遍校園內時，也沒人會聯想到這件事與他們有關係，不過當天余家寶恰好請了病假，班上的同學一度認為他是請假療情傷，畢竟兩校之間還流傳著他與葉品如正在交往的八卦。

說是病假，倒不如是讓余家寶心情平復用的假期。中午十二點還不到茶樓的營業時間，古色古香的店裡四個人坐在飯桌前等著開飯，在場除了孟婆以外的三人，看起來皆戰戰兢兢的，目光更不敢飄向笑而不語的孟婆身上。

「我今天請紀信下幾碗豬腳麵線，好幫你們去去霉運，畢竟碰到這麼嚴重的事，想必你們都飽受驚嚇吧？」孟婆輕輕一笑，這語氣輕得令人頭皮發麻。

「呃……我不是茶樓的人，為什麼我也得坐在這裡？」張真一忍不住舉手發問，為此他今天還被迫蹺課，得想個完美的理由蒙混過關了。

「張同學，你這麼重要，一定得在場，昨晚若是沒有你，事情不會這麼容易解決。」孟婆還是那抹微笑，張真一卻沒錯過她眼底的別有心思。

「只是剛好而已……」張真一心想，這果然是場鴻門宴，就算只是請吃一碗豬腳麵線，他也吞不下去啊。

「就算是剛好，你的動作真快，紀信都還沒能查出實際位置，你卻能精準地找到阿寶，張真一同學，從以前我就很好奇，你是怎麼辦到的？」孟婆笑問，卻也問出了李成空一直以來的困惑。坐在他一旁的余家寶卻顯得相當失神落魄，對於這場飯局談論的事情毫不關心，他整個人的魂魄好像隨著葉品如的死亡一起被抽走似的。所有人都看出他的異狀，卻沒人直接點破。

「一切都是巧合。」張真一依舊用著平靜的情緒應對，就算孟婆的態度是這麼的不客氣。

「是嗎？要不要聽點有趣的事？這是紀信費盡千辛萬苦才查到的事情呢。」孟婆擺弄著剛斟滿的茶杯，意有所指地笑問。

「怎麼個有趣法？」張真一直挺挺的，完全不畏懼。

「紀信說，這世上的確有個張真一，但是他早在五歲的時候夭折，怪的是，他的靈魂沒有回到地府報到，從此人間蒸發。更怪的是，他的肉體卻還活著，你說……這世上怎麼會有這麼奇怪的事？」孟婆停頓了一會兒，似乎在等張真一反應，但是對方卻依舊面無表情。

夾在之中的李成空倒是很驚愕，要是張真一已經夭折，那麼眼前這傢伙到底是誰？

他聽過一種手法，叫做借屍還魂，但是這要非常有道行的人才辦得到，甚至得擁有神格才行，這麼說來，張真一這傢伙的確有太多疑點，先前說要解釋也因為余家寶的狀況而作罷。

「張同學……你到底是誰？」李成空越想越困惑，低聲問道，這時張真一總算有點情緒，他看了李成空一眼，悠悠地嘆了口氣，那抹眼神好似在說，怎麼連你也在湊熱鬧？

「你們怎麼會查到我身上來？」張真一還是冷著那張臉，處變不驚。

「余家寶的命格特殊，前世完全是個謎，又沒喝迷魂湯，一直是我們鎖定監控的對象，自然只要是跟他特別親近的人，我們也會好好調查一下，想不到你的過去也挺不好查的哪，紀信費了好幾天才查到呢。」孟婆頓了一下，語氣更輕柔地問：「一個借屍還魂的人，想請問這肉體裡的魂是哪位啊？」

張真一看著在場所有人好一會兒，這時已經煮好豬腳麵線的紀信也上樓，姿態端正地端盤上的碗，一個一個放到他們面前，頓時香味四溢。

「請趁熱吃。」紀信還是難掩那副冷淡又帶點高傲的語氣，對於自己的廚藝可是相當有自信。

「紀信，要不要先聽他說完故事，再來吃呢？」孟婆嗅了嗅碗裡，似乎還加了點麻油香，聞起來真是舒服。

「一定要趁熱吃，重要的事等吃完再說。」紀信有著他的堅持，這麵線要是放涼了，那就可惜了。

「有時候我真拿你這個硬邦邦的死個性沒辦法。」孟婆無奈地嘆了口氣，舉起筷子挾了一口吃，眾人也跟著動筷，但是這氣氛就是怪，李成空總忍不住偷看一樣低頭吃麵的張真一，又看著眼神依然呆滯的余家寶，這兩人之間到底有什麼關係呢？

「好了，麵吃完了，茶也泡過好幾壺，張真一，該說說你的故事了吧？」孟婆明顯已經等得不耐煩，一旁的紀信逕自拉開椅子坐下，並不想錯過這一刻。

張真一看了眾人一眼，深知再拖延下去也不是辦法，只好悠遠地長嘆口氣，總算願意回答問題。

「我是第四閻王的近身侍衛……打從百年前，閻王大人來到人間查案，卻不幸遇到水難從此下落不明，我便一直留在人間找尋他的下落。張真一的確早該在五歲時壽命終結，但是我借用了他的肉體繼續留在人間找尋閻王大人的下落，這是事實。」張真一吐出事實時候，反而得來一陣相當冗長的沉默，原本還失神落魄的余家寶也被他這番話嚇得稍微回神了些。

「第四閻王的近身侍衛？」孟婆仰頭想了一會兒，立刻在腦海中搜出人名。

「阿雙是第四閻王大人去人間查案時帶回來的孤兒，我就說這個人太過仁慈，一點點小事就引得同情心氾濫，我記得他剛好路過看到你要賣身葬父，一時心軟出手幫了你，還破例讓一個生人進地府工作，不需跟著輪回，只需當個好侍衛，不過你也很盡責，從未想過高攀閻王大人，謀個一官半職來做，這倒是讓一開始反對你進地府的人最後也乖乖閉嘴。那個心軟的笨蛋，其實挺有識人的眼光。」孟婆有些感慨甚至想念那人，畢竟第四閻王已經失蹤百年，說不想是騙人的。

「閻王大人對我的恩情，我永遠都不會忘記，我比你們都想找到他的下落。」張真一挺直身軀，正氣凜然的樣子頗有當年那位閻王大人的影子。

「這跟你一直跟在余家寶身邊有關？你也看見他的前世記憶了？」紀信這時忍不住插嘴，一提起這件事他不免感到一陣疙瘩，少數不能喝迷魂湯的人選，對他來說簡直跟污點沒兩樣。

「不只是如此。」張真一搖搖頭，他看起來似乎知道全盤真相，令所有人摒息以待，期待事情有新的突破。

「我追查了近百年，比你們還清楚可能性。」

「所以，你知道了些什麼？」孟婆這會兒也沉不住氣追問道。

「余家寶就是第四閻王。」

「啊？」這時，李成空與余家寶很有默契地喊了聲，這答案對他們來說真是出乎意料，卻還是保留態度。

「還有，李成空就是當年一起墜河被大水沖走的判官大人。」

這時，所有人卻安靜了下來，沒人會想到這兩人一個是閻王一個是判官，身為當事人的他們，還彼此對望了一下，臉上寫滿不可置信。

「張同學，話不能亂講……你不是會開玩笑的類型啊。」李成空抹抹汗，覺得這個推斷太過刺激，他完全不能接受。

「我從不說謊，身為當年眼睜睜看著你們墜河，卻無法挽救的人，至今是我一直無法忘懷的遺憾，我比任何人都希望找到你們，如今……如今……」張真一的語氣忍不住地顫抖著，連呼吸都亂了。

「我確信，我總算找到你們了。」張真一這時眼眶泛紅，李成空與余家寶一臉呆滯地看著他，他們從來沒看過平常總是很冷靜的張真一，會露出這麼難過的哭泣模樣，光是這點，似乎就能讓他們相信張真一沒有說謊。

「證據呢？你不提個有力證據，我是不會相信的。」這時，唯一冷靜清醒的孟婆，朝他勾勾手指說道。

「我當然有證據。」

張真一這時站起身伸手往余家寶的衣領扯開，讓鎖骨右側到肩膀的部位全顯露出來。

「你、你做什麼？」余家寶沒預料自己的衣服會被扯開，連忙想阻止。

「你別亂動。」張真一伸出右手拇指，往他的脖子與肩膀抹了一下，余家寶頓時感到一陣熱燙的感覺，他正想問發生什麼事時，一旁的人卻發出了令他費解的驚呼。

「這、這是什麼啊？張真一，你的手指是有什麼魔力嗎？」李成空張大眼對著余家寶的肩膀仔細看著，這讓余家寶更加好奇。他低頭看去卻也只能看見肩頭隱約浮現出淡淡的粉紅色細紋，像是血被水沖淡的色彩。

「這是阿寶就是第四閻王大人的證明，而且你也有。」張真一這時直接掀了李成空的衣服，露出白亮亮，缺乏鍛鍊的肚皮，他用著同樣的手勢往他的肚臍上抹了一圈，李成空立刻感覺到一股熱燙感從身體深處浮現出來。

「我也有？」李成空低頭看著自己的肚皮，從肚臍為中心慢慢地浮現一圈又一圈的繁複花紋，這看起來就像一株株的草交錯而成，看起來井然有序，卻一下子看不出是什麼。

「還魂草紋？這可是地府的官紋，沒有受過玉皇大帝冠頂的儀式，可不會有這個，連我都沒有。」孟婆笑了笑，情緒依舊淡定，不過心情非常好，她沒想過懸宕近百年的第四閻王失蹤案，會在今天真相大白。

「還魂草……」紀信似乎不太相信，湊近余家寶仔細看著他的肩膀，還不停地戳戳他那些如夢似幻，卻又抹滅不掉的淡色官紋。

「喂！你別亂搓。」余家寶退了一步，立刻伸手將衣領拉好，卻下意識地摸摸還有殘存熱度的脖子，他不知道自己身上起了什麼變化，但是從眾人的眼神看來，他老覺得自己像是被圍

觀的動物，被盯得相當不舒服。

「嘖，真的是官紋，連我都沒能獲得的印記。」紀信這句話難掩濃濃的抱怨，一旁的李成空則是低頭看著自己的肚皮，他覺得很帥氣，但是怎麼官紋的部位這麼搞笑？人家余家寶就在肩膀，他卻在缺乏鍛鍊的肚子上，這是否意味著他需要多做點運動呢？

「你是怎麼知道這件事？地府追查了百年之久毫無進展，你卻能立刻找到第四閻王的身分？這下子，城隍紀言跟我的打賭結果，他可真是輸慘了。」孟婆笑得很開心，無疑是一場不為人知的勝利。

一旁的紀信冷冷地看了她一眼，完全不想追問她與哥哥又打了什麼賭。

「是閻王大人太會躲，他被大水沖走後，消失了很長一段時間，我留在人間追蹤他的去向，足足花了六十年才知道，他一直躲在余家不停地轉生，當起鬼差的工作，至於判官，通常都不會離他太遠，這兩人每一世偶有接觸，卻不像這一世直接打了照面。」張真一說著，眼神有些無奈地飄向還在狀況外的余家寶。

「幹麼這樣看我？」余家寶噘著嘴覺得有些無辜，他真的很討厭被圍觀的感覺。

「的確很有這傢伙的作風，很我行我素，愛幹什麼就幹什麼，你沒事躲在余家當鬼差做什麼？你知道第四閻王殿已經長達百年沒運作，其他閻王都為了你天天加班，血汗工作呢。」孟婆沒好氣地抱怨著，但是佘家寶卻一副事不關己，甚至覺得莫名其妙。

「我聽不懂你們在說什麼。」佘家寶依然故我，他甚至絲毫沒有自覺自己的真實身分，反而將大家口中的閻王大人視為陌生人。

「這就是棘手的地方，我可以從官紋確認他們就是閻王與判官，但是他們卻不記得這些，過著與凡人無異的日子。當時的大水災害的真相，以及為何要躲在佘家當鬼差，沒人可以知道，除非……他們願意自己想起來。」

「唔……」孟婆可以體會張真一的困擾，只要記憶沒恢復，這樁懸案依舊破不了。

「你快想起來，看是要撞頭還是用木棒打頭，戲劇不都這麼演？或許敲一敲，記憶就會恢復。」孟婆說得極認真，兩人卻聽得頻頻皺眉。

這女人真心狠，為達目的，向來不擇手段，他們現在逃跑應該還來得及吧？

「事情不是這麼解決的。」一想到自己的主子會被這麼對待，張真一體內的古老又忠誠的靈魂立刻起了波瀾，說什麼都得阻止才行。

「孟婆大人，您的提議很糟。」紀信搖搖頭，完全無法認同。

「我開個玩笑嘛，何必這麼認真？」孟婆露出無辜的笑容，瞧這群人如此緊張，頓時覺得惡作劇很成功。

「這不好笑啊……」李成空苦著一張臉抱怨，一旁的余家寶卻還是沉默。

「不過，要讓阿寶恢復閻王時期的記憶，得靠他自己。」張真一為難地掃了眾人一眼。自家主子的靈魂還在，但是這性格經過多年的轉換，早與跟當初的第四閻王大人已經不太相同，現在的他完全融入人類的生活，是一個相當健全還有點中二的高中生，不過……衝動又充滿正義感的個性倒是沒變過。

「哦？阿寶，快，你快想起來，我跟紀言會很開心的，快快快。」孟婆連忙催促著。余家寶這時冷著一張臉站起身，臉上帶著憤怒的情緒。

「吵死了，你們說的這些都跟我無關。」他壓低聲音說道，就算身上有官紋又如何？他現在是余家寶，那個無法挽救葉品如的普通人！若是自己真是第四閻王，為何昨晚無法替葉品如躲過死劫？

看他們一個個歡欣鼓舞的模樣，他完全無法融入其中。他現在只想逃避一切，甚至想回到葉品如還活著的時光。

他總後悔地想著，要是當時阻止對方不跟犯人外出就好，或許一切都會沒事，但是這個一念之差卻讓對方喪命，這件事他說什麼都無法原諒自己。

「我覺得跟你們聊這些很浪費時間，我是余家寶，我現在是余家寶，什麼閻王跟都我無關。」余家寶氣沖沖地丟下筷子後轉身離開，留下一夥人沉默地對看。

「真沒教養，亂摔筷子，以後要找機會教育一下。」紀信伸手將筷子擺好，相當不開心，他最痛恨有人在飯桌上不規矩，而且還是茶樓的員工。

「這應該不是現在要在意的重點……」李成空苦笑著，這個紀信真的很特別，看似狀況外，實則不然。

「他還在為那個女孩的死緬懷？若是這樣，還不夠格當地府的員工。地府每天要接觸的就是生死，若是只為了一個被殺害的女孩裹足不前，事情將永遠做不完。」紀信冷冷地說道。他對生死已經麻木，並非他無情，而是必須無情，雖然是個情感多於理性的世界，但是身為把關者就得理性多於情感。

「幸好你不是在他面前說這句話。」李成空站起身，覺得氣氛太悶，他待不了。

紀信抬頭盯著他，看得出李成空對他透露出不悅的情緒。這些人從來沒有喜歡過他，包括早就知道真相的張真一，似乎也被他這番話搞得頻頻皺眉。

「余家寶現在依然是個凡人，他還沒看透生死，你們這些話對他來說，就像風涼話，我聽了也難受，也盼望你們能體諒。」張真一跟著起身與他們道別後也離開了。

茶樓裡只剩下紀信與孟婆，氣氛似乎有些低迷，卻又不是那麼一回事。

孟婆看著臉色微微鐵青的紀信一眼，露出微笑。

「別生氣，這就是你哥要你待在我身邊工作的原因。」孟婆端起茶杯，對於剛才的尷尬場面似乎不怎麼在乎。

「為何現在提起我哥？」紀信的語氣很冷，明顯心情很糟。

「因為他知道你為了求得城隍一職已經磨練許久，卻始終沒機會，你曉得為什麼嗎？」孟婆輕聲問道，他知道這是紀信最在乎的事。

「你哥哥雖然有點狡猾，但多少還有是有人心，鎮日做審判的工作，也是有幾件他基於同情而放水過關的案子，而你只是單純的茶樓員工，替魂魄灌迷魂湯時，從來不手軟。有些人的前世記憶其實不必消得這麼徹底，地府在通知這些人可以投胎時，不是都會送上一份該人的資料記錄嗎？你從來看都不看，就算來人身上有領旗，或者是特殊標記，你也從來不予理會，一絲不苟地執行你的任務。」

「這是我的責任，難道有錯嗎？」紀信很難理解，自認工作從不馬虎，卻被說有缺點？

「就是太正確了，才會讓人憂心，相較之下，余家寶的前身，第四閻王大人，則完全是你的反面鏡。他的做法當初也讓不少人感到困擾，因為他不夠果斷，甚至過分同情，才會導致整個第四閻王殿無法運作。要是你們兩個各自退讓點，地府一定會更輕鬆啊。」孟婆呵呵笑著，還是改不掉對每件事物都當作有趣的遊戲一般看待。

紀信這時沉默不語，聽著孟婆有些張狂的笑聲，微微地擰起眉陷入思考。

孟婆轉看著他，笑聲收斂了些，眼神卻也悄悄變得柔和許多。

「不過，我覺得你也不是沒有改變，昨夜你接到阿寶有危險的通知時，難得透露出擔憂的情緒，我才想到你還是有些人性，只是還差了點。」

紀信依然沉默，孟婆的這番評論，他竟然覺得有些彆扭。

「相較之下，阿寶要學的事情可多了，沒聽張真一說的嗎？他已經是徹底的凡人，雖然不曉得躲在余家反覆轉生當鬼差的真相是什麼，但是這麼沒自覺的模樣，要他返回地府重新運作第四閻王殿，恐怕還需要點時間。」孟婆這時下意識地按壓隱約犯疼的頭，想著等會兒該與城隍通報一聲，她相信大約幾小時後，尋獲第四閻王的消息，鐵定會在地府內部掀起一番波瀾，這下子，有得瞧了。

第九章

身為凡人，
那該死的同情心

李成空回到房間時，發現余家寶窩在自己的床鋪上，雙手交疊在後腦杓，望著上鋪的背板若有所思。

「我說你要憂傷的話，能回到自己的床位嗎？」李成空笑笑地說，倒也不反對這小鬼霸占了自己的床位。他左顧右盼了一會兒，拉了把椅子在一旁坐下，順手抓起手機開始逛起網路來。

一片寂靜之後，余家寶稍稍仰頭看了李成空一眼，努努嘴才有些不甘心地開口：「李成空，葉品如的死，你一點感覺都沒有嗎？」

他心情很鬱悶，為什麼每個人看起來都這麼自在，只有他一個人還沉浸在後悔的思緒裡，說什麼都無法掙脫。

「有感覺啊，這麼漂亮的女孩就這麼死了，我當然覺得惋惜。」李成空悠悠地嘆了口氣，葉品如的死狀至今他還是印象深刻。

「但是你看起來還好，怎麼只有我像個笨蛋一樣，一直很難過？」余家寶有些困惑，甚至覺得這些人很冷血，為什麼都不悲傷難過呢？

「一直沉浸在悲傷裡幹不了事情啊。」李成空才無法理解他為何一直糾結這件事，而且還是個外人。

余家寶被他這番話堵得回不了話，這麼說的確也有道理，但是……

「但是，她死了啊。」余家寶不死心，繼續在這個咎過裡繞圈圈。

「所以人死不能復生，況且這個死劫是命中注定，真的沒什麼好悲傷。你身為一個鬼差，三天兩頭就得抓鬼，按道理應該比我懂生死，怎麼你反而這麼不成熟？剛才張真一還說你是第四閻王，我看來完全不像啊。」

「我是余家寶，我不是什麼第四閻王，那是什麼鬼東西？」一提到這個身分，余家寶又壓不住怒氣，他下意識對這件事反感，甚至避談。

「第四閻王不是什麼鬼東西，是個神，好歹你對自己的身分尊重點，行嗎？」張真一突然從門外進來，有些頭疼地說道。

「你進別人房間都不敲門嗎？」余家寶一看到張真一沒什麼好臉色，或者該說他覺得心情很奇怪，不知道怎麼面對這位同班同學。

「你的門沒關。」張真一緩緩靠近他，低聲提醒。

「隨便找理由。」余家寶決定眼不見為淨，撇過頭迴避他的視線。

張真一倒也沒多說什麼，三人就在這個不算大的臥室裡形成奇怪又尷尬的局面。

「呃……張同學，剛才你在茶樓裡說的那些……是怎麼回事？」李成空至今還是有些存疑，尤其身上所謂的官紋，還有這小子說的第四閻王與判官，這些對他來說還是很虛幻的東西。

「不怎麼回事，是你們的真實身分，但是你們都無法想起真正的自己，我說什麼都沒用。」張真一有些無奈，沒有揭露真相的喜悅，反而是濃濃的哀愁與困惑。

「這種時候你還是這麼冷靜啊……」李成空相當感慨，剛才這小子一時激動眼眶泛紅的樣子，簡直就像場夢。

「我就是這種性格，當初閻王大人也是因為看中我這種作風，才願意收留我。」張真一說著這番話的同時，視線落在佘家寶的身上。感受到這熱切視線的佘家寶，受不住地直接轉身背對他。

「別看我，我不是你說的那個人。」佘家寶下意識抗拒，突然厭惡起張真一了。

「……我追隨了你們長達百年之久，從人間跟到地府，又從地府返回人間，你們就是第四閻王殿的主人，這是不可否認的事。李成空能預知死期，這是判官才有的能力，至於你……或許現在你非常排斥，但是過去的你可是相當盡責的人。你其實一點都沒變，畢竟我看你身為鬼差的工作，完全是不要命地奉獻，作風完全一樣，只是……」張真一突然陷入了冗長的沉默，那模樣不解又無助。

另外兩人對於這突如其來的沉默感到不解，雙雙看向他。

李成空正想開口詢問時，張真一卻突然屈膝跪下朝余家寶行了大禮。

「閻王大人，不知道您對人間到底有何懸念，但是第四閻王殿已經不能再空轉了，您若是不再回歸，地府恐怕會失衡，在下懇求您盡快回歸，拋棄凡人之軀。」

余家寶瞪著張真一的身影一時間說不出話來，他沒料到會被這麼對待。

李成空也傻了，甚至有時空錯亂之感。

「你站起來，別做這種事。」余家寶努努嘴，被他這麼一跪，什麼氣勢都沒了。

「張同學，我好不習慣這樣的你。」李成空伸手想拉起他，張真一卻甩開他們逕自起身。

他看著眼前的兩人，真要說來，判官與閻王大人都是他的主子，而今兩人都不認得他，心情上總有那麼一絲失落。

「我會等你們回歸，等你們在凡間膩了、煩了，一定親自帶你們回地府。」張真一咬咬牙，知道現在說什麼都沒用，至少讓這兩人有了自覺，但是長達百年的謎底始終沒解開，他的心頭也跟著悶。

「我先回去了，不打擾你們休息。」他又將情緒收斂了，恢復往常那個冷淡、自制的少年，轉身快步離去，留下李成空與余家寶困惑地對望。

「不管他說什麼，我是佘家的人，城隍爺手下的鬼差，僅僅如此，其餘的我一概都不認。」佘家寶焦躁地翻過身躲進被窩裡。他的思緒亂得很，葉品如的事、第四閻王殿的事，總歸身為凡人的一切都讓他感到迷惑。

「阿寶，這是我的床位啊……」李成空有點無奈地說，但是對方充耳不聞，甚至往裡頭鑽去，看起來打定主意要霸占床位。

「算了算了，今天就破例讓你睡下鋪，明天要還我。」李成空最終也只能忍讓，看對方還在耍脾氣的背影，不禁露出苦笑。

小鬼就是小鬼，再怎麼探究生死，耍起脾氣來就是個幼稚的小孩……

◇◇◇

俗話說得好，無事不登三寶殿，黃鼠狼給雞拜年，虛情假意……等等，任何可以安上類似的詞彙都可以說明眼前的情況。

平日鎮守在城隍廟裡的紀言，難得前往迷魂茶樓做客喝茶，誰都知道他的目的為何，只是沒人一開始就點破。

晚上，茶樓才剛開張，余家寶跟李成空就被請到茶樓裡最高級的廂房，陪城隍爺喝茶聊天，但是他們看紀言那眉開眼笑的神情，用膝蓋想也知道，他們的真實身分早就傳到這人的耳裡了。

「我今天請紀信泡了一壺茶樓內最好的茶葉，你們喝喝看吧。」紀言的那抹笑容別有心思，讓這兩人看得頻頻皺眉。茶香飄散在這典雅的包廂內，這兩人卻是完全不想動手。

「趁熱喝，這茶要挑對時機喝才好喝。」紀言依舊掛著和善的微笑催促道。

兩人對看了一眼，才舉起杯子慢慢地輕啜幾口。

「所有的事情，我都聽孟婆說了。」紀言毫不猶豫地切入正題，李成空和余家寶頓了一下，表情各異，卻也不意外這樣的開場白。

「但是，也聽紀信說你們完全不記得這件事，所以我已經聯絡地府的人，過幾天閻王殿會派人來。」紀言雙手交疊，態度一如往常的溫和，但是那抹笑容看在余家寶眼裡就是不順眼。

「聯絡他們做什麼？」余家寶皺起眉滿是防備。打從張真一揭露真相那天起，他無時無刻都感到不自在，每個人注視他的目光別有心思，就連偶爾會來茶樓探探的爺爺也對他禮讓三分，這些明顯的變化都讓他感到厭惡。

「做好接你們回閻王殿的準備啊。」紀言這下笑得更和藹可親了。

余家寶一聽到閻王殿，立刻擰眉青筋浮起，失去理智的力道差點捏碎手中那只要價不菲的茶杯。

「我不會去，我是余家的人，你手下的鬼差。」余家寶壓低聲音一字一句地說道。他的立場始終如一，沒有的事他會否認到底。

紀信這時看著他笑而不語，余家寶實在很厭惡這副表情，卻又得忍著不伸手招呼過去的衝動。

「你這硬脾氣真的沒幾個人受得了你，我這樣往返地府也常聽閻王殿的人說你，這下更確定你就是第四閻王了。」紀言笑咪咪地說道。他見過的人可多了，余家寶這點小任性他還是扛得住。

「我說我不是。」然而他還是堅決否認，甚至還站起身拍桌以示抗議。

「我是余家寶、鬼差、凡人。」他堅持著，就算閻王殿的人來領人，他也會這麼說。

「那是你現在的身分。阿寶，有時候面對現實才不會給別人添麻煩。我看你從小到大，就這個硬脾氣該改一改。」紀言嘆了口氣，這會兒完全就是長輩的態度，至今他其實還沒習慣余家寶的真實身分，在他認知中還是個橫衝直撞的孩子。

「我哪裡添麻煩了？我盡責地當好鬼差，不是嗎？況且前不久在我手裡還死了一個人，我不能原諒我自己，你們現在又在我身上扣這些帽子，未免也太理直氣壯了？」余家寶終於壓抑不住怒氣，將所有的怨言傾倒而出，也不管對方可是個德高望重的城隍爺。

「阿寶，就這件事我得勸勸你。」這時，紀言斂起笑容，端正坐姿，語氣變得相當嚴肅。「李成空雖然提前知道她的死期，但這是對方命中注定的死劫，連我都擋不了，我想後續你一定不曉得吧？」

「什麼後續？」余家寶努努嘴，氣焰比剛才虛弱許多。

「你們先被帶離現場，紀信留在現場善後，黑白無常早就在附近等待勾魂，葉品如的死是在他們的排程內。一個人為何而生，為何而死，都是命中注定，只有你們完全例外，不必喝迷魂湯，不必遵行生老病死，比起來其他人才更嫉妒你們吧？」這會兒，他難得擺出城隍爺的架子，余家寶鮮少見他是這模樣，原本氣憤不平的情緒正悄悄減退，最後他低著頭陷入深思。

「李成空，你覺得我說的對吧？」紀言這時突然轉頭問道。

本以為與自己無關的李成空，差點被口中的茶嗆得喘不過氣。

「啊？你、你問我？」李成空難掩慌張，心頭忍不住大罵這個城隍爺很不厚道，竟然拉攏他？這下他怎麼回答都不對，兩面不是人啊。

「是啊，身為命理師的你，一定更懂生死無常，更何況這死劫不是你看出來的嗎？」紀言笑咪咪地問道。他的這番話可就完全將李成空往死裡打，不過立場上他的確是站在城隍爺那一邊。

「其實……阿寶，我也勸過你，有些事情可以想開點……」李成空微弱地說道，本以為又要挨余家寶一頓罵，他都做好心理準備，沒想到這孩子卻只是難過地看了他一眼。

「我知道。」余家寶的反應太過難得，這讓李成空一下子反應不過來。

「你們說的都對，我只是……我只是……」余家寶支支吾吾地看著他們，最後鬱悶坐回椅子上，不再說話，只是猛灌茶，猛吃花生。

紀言看他的反應，僅是微笑沒有多說些什麼，還替他們倆倒茶。

「你該說的都說完了，還要繼續待在這裡嗎？」余家寶接過杯子沒動口，反而想趕人了。

「還不行，閻王殿的人就快到了，我得迎接他們。」

「閻王殿？」余家寶還沒問清楚，卻被外頭的動靜給打斷了。

「哥哥，閻王殿的人來了，就在茶樓外頭。」紀信在外頭敲了幾下門示意道。

「哦？快帶他們進來，你也一起進來吧。」紀言連忙起身準備迎接，似乎顯得很興奮。

「這地府辦事效率有這麼高嗎？」李成空縮了縮身子，頓時覺得有些不安。

不久，他們聽見外頭傳來吵雜的聲音，從腳步聲判斷估計約有五、六人，期間偶爾還能聽

見交談的聲音，略顯低沉又嚴肅，這讓包廂內的兩人越來越緊張。

這發展完全是措手不及，余家寶這下心情更糟了，這些人從不事先說，他想躲避也來不及。

「報，閻王殿一干人等求見。」外頭傳來相當響亮的呼喊，中氣十足，是屬於低沉的男性嗓音。余家寶與李成空卻覺得好像時空錯亂了，這台詞好像古裝劇才有機會聽見啊。

「諸位請進，遠道而來有失禮儀，請見諒。」紀言這時推開門，朝外頭的人行禮，接著領著他們進包廂。來的人數不少，頓時讓整個空間變得狹窄許多。這群人幾乎都是男性，身上都著正式的西裝打扮，個個帶著肅殺的神情，要是不說，恐怕會被誤認為是道上兄弟也說不定。

「不會，接到消息立刻允許我們抵達人間的您，我們才要感激，請問……第四閻王大人呢？」領頭的男人長得非常高大，預估約有一百九十公分，身材壯碩，完全是打手等級的人物，配上那張冷冰冰的嚴肅臉龐，小孩見了恐怕都會嚇哭。

「王判官，人就在這裡了，這位是第四閻王大人，另一位就是失蹤已久的首席判官，掌生死簿，現今兩人在人間的俗名分別是余家寶與李成空。」

紀言熱切地為高大男人介紹著，那人盯著兩人的視線可是目光炯炯，似乎還帶了幾分激動，使得他那張冷冰冰的臉看起來更恐怖了些。

「首席判官也在嗎？」高大的男人朝他們倆望去，接著快步向前屈膝一跪，姿態與張真一的方式完全相同。後頭的人們也跟著跪下，整齊劃一，簡直像支軍隊。

「在下掌刑判官，另外二人分別是掌善簿判官、掌惡簿判官，今日總算能在此處與第四閻王大人、首席判官大人重聚，懇請兩位大人恕罪，在下等一干人至今才能來接駕，讓兩位在人間受難深感愧疚，懇請大人恕罪。」領頭的男人一喊完，後方的人們異口同聲地喊著「懇請恕罪」，聲音之響亮，好似整個茶樓都被震撼。

余家寶瞪著這樣的景象，一時之間什麼也說不了，愣愣地看著眾人許久。

「這是什麼狀況啊……」李成空也被這陣仗嚇得腿都軟了。這群人對他們的態度這麼的恭敬、慎重，是他作夢也想不到的情況。尤其自己還被叫做首席判官？他的身分原來有這麼強大嗎？

他知道閻王身邊會有四個判官，其中掌生死簿判官為首，地位僅次於閻王之下，這樣的身分安在他身上，讓他一下子負荷不了。

「第四閻王殿的眾人就是這麼忠心，阿寶，他們可是苦等了你長達百年，感不感動啊？」紀言回頭看著余家寶笑問，但是余家寶卻還是鐵青著臉，掃視眾人一眼，最後視線落在最前頭的王判官身上。

「全都起來，我、我才不是什麼閻王，我、我不能接受你們這些大禮，都給我起來。」余家寶喘著氣，情緒不穩地喊道。

眾人抬頭，卻是一臉困惑，沒有重逢的喜悅感，反而是滿滿的疏離與陌生。

「都起來，我只是城隍爺的鬼差，我什麼都不是……你們……特地來這趟，恐怕失望了。」余家寶快窒息了，尤其這群人緊盯著他的目光是那麼的強烈，讓他直覺想逃。

「我什麼都不是……不是……」於是，他再次選擇逃避，不等那些人回應，直接穿過人群逃離包廂，留下一群錯愕的人們。

「唉……我先前就提醒過，阿寶什麼都還沒想起來，他會做出這種反應，是意料之中。」紀言雙手一攤，相較於一陣尷尬的氣氛，他早有心裡準備。

「情況比預期中的棘手。」王判官站起身，難掩失落，這時還將視線掃向準備偷溜的李成空。

「那麼，首席判官的情況呢？」他又問道。

李成空被他這麼一瞪，縮回腳，動也不敢動。

「也好不到哪去，聽說連性格都不一樣了，你們要跟他聊聊嗎？」紀言回頭看了李成空一眼，勾起淺淺的笑，看在對方眼裡簡直是不懷好意。

「是嗎？在下很想與首席判官單獨聊聊，這閻王殿空轉太久，如此令人振奮的消息，我們必定得帶些消息回去傳話。」王判官盯著李成空說道，那眼神之熱切令他下意識迴避。

「當然沒問題，紀信，這包廂沒有限時間吧？」紀言帶著微笑問著始終沉默的弟弟。

「沒有，今天整日都屬於你們隨意使用。」紀信沒阻止，反而像在看一場精彩的戲。

「那麼，這裡就留給你們隨意使用。」紀言擺手示意，也不管李成空的求救視線，一手勾住弟弟的肩膀，往包廂外走去。

「弟弟，我肚子好餓啊，你弄碗麵給我吃行嗎？」他笑問，還沒什麼形象地摸摸肚子。

「行，但是金額照算，不能讓你賒帳。」紀信沒有撥開他的手，卻還是冷冰冰地按規則走。

「你這弟弟真的很無情……」紀言有些無奈，兄弟倆的聲音漸遠卻還是能聽見他在跟弟弟要賴的聲音。

李成空覺得頭有些痛，望著前方這群陌生人，他真後悔剛才沒跟余家寶一起逃跑。這群人全都是地府的人，各個看起來陰狠如惡煞，他都快嚇哭了。

「判官大人……不，現在該稱呼您李成空先生才對。」王判官對他的態度相當恭敬，的確顯現出自己曾經的地位比他高。

「不要這麼客氣啦……你們想做什麼？」李成空揮揮手，笑容相當尷尬。

「借點時間一談，關於您關於第四閻王大人，以及……關於現況。」王判官擰起眉，稍稍透露出一絲不安。

「哦，那就坐下吧。」李成空悠悠地嘆了口氣，知道逃不掉，只好重新坐回椅子，至少今天他希望能釐清一些事情。

◇◇◇

余家寶躲回房間裡生著悶氣，卻這麼躲著躲著，躲到睡著，連李成空比他晚了好幾個小時才回到房間都沒察覺，直到對方在浴室裡刷牙洗臉的動靜過大，這才被吵醒。

「你怎麼現在才回來啊？」余家寶慢慢爬出被窩，臉色很差，心情當然也很不好。

「都是你的錯，跑得那麼快，留我一個人應付他們。他們全都是地府來的，一個比一個還像鬼，我都快嚇死了。」還在刷牙的李成空從浴室裡探頭出來，瞪著他，宣洩出滿滿的不滿。

「他們到底說了什麼？」余家寶皺眉問道。整件事情搞得他想徹底逃避，但是他知道這件事他完全逃不了。

「他們說，他們等了我們很久，整個閻王殿空轉，只好暫時被調派到其他閻王殿支援，但是這個位置不能沒有人，他們等著我們回去。」李成空刷完牙，漱完口還洗了把臉才從浴室裡出來。

「但是，身為凡人的我們還有陽壽，不能輕易回地府，可是閻王的工作還是得做，所以他們暫時繼續暫代地府的工作，至於我們……依舊是茶樓的人，你也可以繼續當鬼差。」李成空搔搔頭，盡力將所有的內容簡單說清楚。

「我還是不信……這些像假的。」余家寶皺眉，這一刻他能相信的人居然只剩李成空。

「我也覺得很沒真實感，王判官跟我說了很多事，地府的事、第四閻王殿的事，還有我的事，可是我全沒感覺。他看我一臉茫然的樣子，居然還哭了，他長那副德行，哭的樣子超嚇人的，不過……他們真的很忠誠，一說到追隨第四閻王的回憶，真誠又專心，對照現在……也難怪他會這麼悲傷。」

「你也被他們收買了？」余家寶眉頭越鎖越緊，這聽起來是被說服了。

「我只是當作聽故事，而且是個感人的故事。」李成空雙手環胸，靠在牆邊陷入長思。

「什麼意思？」余家寶終究還是個小孩，一時間他沒想透李成空的疑惑。

「我勸他們維持現況，因為第四閻王的事還有些謎底沒解開，暫時將你我的身分列為不確定，避免我們會有性命危險。」

「性命危險？為什麼？」余家寶坐起身歪頭問道，他越來越不懂了。

「第四閻王往返人間查案，突然間下落不明。閻王殿共有五殿，其餘四殿分擔了事務，王判官說當時的第四閻王很反常，像是在躲著誰……失蹤期間，其他四殿閻王經常提出遴選新的閻王，但是如城隍爺當時所說，還探得到第四閻王的氣息，所以不能隨意將他取代……」李成空停頓了一會兒，回憶當時王判官的言詞，總覺得這裡頭還藏著大祕密。

「不管你信不信這件事，反正我要求維持現況，因為第四閻王為何要搞失蹤，也只有他自己知道，你就安心繼續當鬼差的工作吧。」

余家寶盯著他，沒有答話，但是不久前的憤怒與困惑全都消退了。

「你真的很會談判。」許久之後，他不禁感嘆地下了評語。

「身為命理師，靠的就是這張嘴啊。」李成空指了指自己，似乎相當自豪。

「我一開始覺得你超不可靠的，現在倒覺得稍微有點可靠了啊。」余家寶點點頭，認真地說道。

「靠！死小孩，你給我下來，我保證不打死你。」李成空立刻被戳得跳腳，他還以為這小子什麼時候改性子開始尊重起他了，到頭來還是這副死德行啊！

◇　◇　◇

第四閻王的案子又被壓下來了。

那一夜的吵吵鬧鬧就像一場夢，他們倆的身分突然從確定變成有待考證，為此原本想盡快破案的城隍爺也不得不配合，只因為當日特地前來人間的一干鬼眾說：「余家寶是個凡人，完全不像閻王大人該有的風範，我們拒絕承認。」

這理由讓茶樓與城隍廟的人很是迷惑，卻也只能接受，余家寶倒是樂得能接受這個說詞，他看起來就是甘於當個凡人。

「你真的很不受控制啊，余家寶。」紀言端坐在城隍廟內部的辦公室，手裡掐著文件帶著幾分戲謔的笑意說道。

「我就是我，為什麼要被控制？」一身準備外出抓鬼裝扮的他，看起來神清氣爽，與前幾日鬱鬱寡歡的模樣截然不同。

「好好好，只要不提第四閻王，你就什麼都好，真讓人困擾。」紀言笑了笑，掐在手裡的文件交給了余家寶。

「既然如此，鬼差就照舊，今晚的地點是一間已經長達十多年無人入住的公寓。屋主很

困擾，聽說要讓他的大學兒子住進去，想將屋子整理一下，裡頭很不乾淨，你要幫忙清乾淨啊。」

「好，沒問題。」余家寶接過文件仔細看著，對於鬼差的工作，他向來可是用心對待，尤其能遠離這些是是非非。

「記得李成空也得帶去，要避劫，確保你的安全。」看著余家寶轉身頭也不回地走，他還是不忘多叮嚀幾句。

「好、好、好。」余家寶很敷衍，急著想回茶樓宿舍，腦中已經在規劃今晚的行動該準備的工具，其中李成空當然也在準備工具名單之內。

「還是當鬼差好，當什麼閻王，亂七八糟。」余家寶嘀咕幾句，徹底否認了閻王的重要性。先前李成空曾問過他為何這麼排斥這件事，當時的他只是茫然地搖搖頭，說不上來的排斥。

所以，他終歸喜歡當凡人，他自己是這麼解釋的。

「鬼差的工作都沒有預定表嗎？」照往例幫忙扛著一堆東西的李成空，走在余家寶身邊，不停地碎唸。不過經過幾次的經驗，他的穿著以不如先前的鹽水蜂炮戰鬥裝，余家寶挺貼心地替他挑了件防水風衣與安全帽，內裡在貼上一張護身符，這麼一來就可以防範冤魂侵襲，也不會把自己搞得滿身大汗。

「城隍交代工作向來都是機動性，沒你說的東西。」余家寶拐進一個小巷子裡，這麼一個寧靜的社區裡，完全不像有冤魂的地方。

「真是的，難得我今天超商排休，怎麼這麼剛好就被卡了這件事呢？」李成空還在碎唸，直到他們在一棟老舊的三層樓公寓前停下，他還是不願住嘴。

「好了，回去我叫孟婆幫你加薪，總行了吧？」余家寶被他吵得受不了，只好出此下策。李成空很現實，立刻閉嘴，甚至眉開眼笑。

「這樣還差不多。」李成空頓時心情轉好，走起路來都有點小跳步了呢。

「好啦，進去吧，耽誤時間就麻煩了。」余家寶無奈地嘆了口氣，李成空就是這個小缺點，現實又貪生怕死，不過危急時刻卻又相當可靠，與最初的印象截然不同，但是骨子裡的沒用卻是怎麼也改善不了。

要說這傢伙是閻王殿的四大判官之首，他才不信，就好比自己也從不信曾是閻王的身分，一點也不像，他無法想像自己插手管地府事務的人。

眼前，只有鬼差的工作才讓他得心應手，這才是他的天職。

「這次要收的冤魂，是怎麼個死法？冤氣很重嗎？」李成空跟著上樓，這公寓過於老舊，充斥著霉味，令人下意識掩住口鼻。

「自殺。聽說是前任屋主的太太受不了丈夫搞外遇又好賭，直接就在屋裡上吊自殺。當時鬧得很大，整個屋內冤氣充斥，消息傳開之後賣也賣不掉，後來接收的屋主覺得放著可惜，剛好小孩考上附近大學，所以要我們整理一下，好讓小孩可以住。」他們一路聊著，最後停留在二樓的屋子前，斑駁的紅色鐵門與厚厚的一層灰，在在告訴他們這裡有多久沒生人來過。

「怎麼拖到現在才處理啊？」李成空掩著口鼻，這味道真的太嗆了，讓他甚至覺得有些頭暈。

「誰知道？普通人都有個毛病，遇到狀況時才想要解決，八成是用不到才放著不管，不過冤魂待久了，累積的冤氣會很恐怖。這裡至少超過十年沒處理，今晚有得忙了。」余家寶一邊說一邊將生鏽的鐵門鑰匙往孔裡插。大概是長年失修，轉開門鎖時還費了不少力氣，聽著有些刺耳的運轉聲後，他們總算將門打開。

「哇……這裡真的能住人嗎？」李成空一看屋裡的狀況，低聲驚呼。

這是一間三房兩廳的公寓套房，裡頭沒半點家具，只有滿地的灰塵與報紙，看起來已經斷水斷電許久，從外頭灑落的光線裡還可以看見飄浮的塵埃。

「現在看起來是完全不能住人。」余家寶左看右看，確認完裡頭後才一腳跨進屋內。在外頭待命的李成空看著他朝自己勾手示意，這才鼓起勇氣跨進屋。

屋內什麼都沒有，造成他們的一舉一動都會造成相當大的回音，再加上長期封閉的關係，空氣不流通的情況下，總帶著一絲令人窒息的錯覺。

「也沒人想住吧？陰氣太重。」余家寶習慣性地觀察地形，李成空則是戰戰兢兢地跟在後頭。這種地方隨時都會有小狀況，不知道是不是他接觸這類的工作比較多了，容易感覺到不尋常的氣息。

例如迷魂茶樓裡，或許是聽聞那處位於魂魄經過地府的路徑之一，陰氣極強，但是他鮮少在茶樓裡遇到奇怪的事情。對此，孟婆則是笑笑地說，茶樓座落的地方是塊聖地，魂魄神明經過時都能感到輕鬆、舒服，因此當初建造時便特地設過結界，凡人不會與冤魂、神明相沖，就算他有心想撞鬼，搞不好撞牆還比較快。

但是，李成空還是可以感覺得到茶樓的某些地方對生人來說完全就是個禁地，如今他在這空間裡，徹底感覺出這裡不是活人該來的地方。

「阿寶，我頭有點暈……」他們才進屋不到幾分鐘，李成空感到相當強烈的暈眩感，甚至快喘不過氣來了。

「這裡的穢氣很不尋常，你戴一下這個。」余家寶從口袋裡抽出一只隨用隨丟的活性炭口

罩，內裡還用硃砂筆畫了常人根本看不懂的符咒。

「這東西可以幹麼？」李成空乖乖戴上口罩，這種時候他一定特別聽會，絕不會反抗。

「阻止穢氣侵入你的體內。萬一身體變得虛弱，很容易被冤魂上身。」

李成空一聽，下意識地將口罩拉緊，深怕任何穢氣侵入。他可不比余家寶，人家的身體長期習慣讓阿飄附身，簡直就像有了免疫力。

「虧你想得到這個辦法。」李成空頓時充滿安心感。在口罩上畫符咒，似乎是相當聰明的做法，總比戴安全帽來得好。

「你要感謝紀信，這是他想的辦法，他為了你能更安全跟來收鬼，費了不少苦心。」余家寶邊說邊從背後抽出桃木劍，在地上畫了幾下，設下第一層防護結界。李成空很有自知之明，快步站到結界圈裡，這時余家寶才又以兩人為中心點畫了第二層結界。

「這傢伙想不到挺有良心的啊……」李成空想起紀信那張冷冰冰的臉，無限感慨。

「你別太早誇他，他只是不想添麻煩，畢竟他也管人事，萬一你受傷得報職業災害。」余家寶設好結界後，與他站在中央，低頭確認纏在腰間的麻繩，結在上頭的風鈴依舊靜止不動，接下來就是等待時機。

「我說，你可以留個五分鐘讓我感動完再潑冷水行嗎？」李成空沒好氣地說。

「浪費時間，我只是要讓你對紀信熟悉點。他是個沒啥人性的傢伙，地府的規定才是他信奉的一切。」余家寶依舊不怎麼留情，在語氣中更充分顯示他對紀家兄弟不帶一絲好感。

「是是是，你們這麼不對盤，竟然還能一起共事，我覺得是奇蹟。」李成空嘆了口氣，夾在中間的他可累了。

「我倒覺得你比他們好太多，要不是你加入，我大概每天都會跟他們吵架。」余家寶等得有些累，蹲下身子一副相當無聊地盯著前方。

李成空卻沉默了，還有些害臊地搔搔臉頰，口罩底下的嘴角往上揚。

他忍不住細想了這一陣子以來的相處，一開始他老覺得這小鬼就是個正義感太過強烈的笨蛋，難以溝通，不通人情，但是久了之後才發現對方是個重感情的人，對於相處得來的對象，向來不吝嗇於表示好感，要是這傢伙不要老是跟他頂嘴就更好了。整體而言，他知道余家寶是個很值得深交的人，偶爾會對他的傻勁感到心疼。

第十章

當凡人，
很辛苦也很有趣

這一次他們等了將近一個小時，屋內依舊毫無動靜。

「阿寶，我們沒跑錯地方吧？」李成空等得有些累了，索性盤腿而坐。屋內雖然沒有任何冷氣、電風扇，但是陣陣的涼意令他不感到悶熱。

「他們給地址從來沒給錯，你多點耐性可以嗎？」余家寶瞇著眼盯著前方，對於等待相當習以為常。

「哦……」李成空又安靜了下來，與余家寶盯著同一個方向，雖然他不知道這位置有什麼玄機，只曉得上方有個被拆過的痕跡，還有斑駁的油漆痕跡，除此之外並未有任何古怪的地方。

於是，他們繼續等待。要說沒異狀也並非完全沒有，李成空清楚地感覺到室內的溫度越來越低，就像是有人將空調溫度往下調，冷得他直起雞皮疙瘩，更奇怪的是，他似乎隱約聽見吊扇運轉的聲音。

「奇怪，這聲音哪來的？」李成空四處張望，這屋內根本沒有任何家具、電器，但是這聲音卻越來越清晰，就像在他們的正上方，可是當他抬頭一看卻什麼都沒有，他就這麼帶著滿滿困惑望向余家寶。想開口詢問時，卻被對方舉了個手勢暗示安靜。

余家寶也跟著抬頭看，僅是皺眉一會兒又繼續盯著前方看，李成空這會兒覺得困惑又難

受，無法摸清狀況的感覺，總感覺到一絲不安。

到底是什麼狀況呢？

李成空當下無法獲得答案，只好繼續往前盯著。

吊扇的運轉聲音越來越清晰，他已經不能安慰自己這是錯覺，接著他開始感覺到頭頂似乎有什麼在繞著他的頭髮，不規則地一下又一下。他揮了好幾回，這感覺卻越來越強烈。他抬頭一看，差點嚇得當場昏厥。余家寶似乎早就知道他會有這個反應，一手扶住對方，另一手則掩住他的嘴，避免他出聲。

「唔……唔唔……」李成空驚慌失措地喊著，但是含糊不清。

余家寶按住他嘴巴的力道非常大，完全不打算放開。

「安靜。」余家寶受不了，只好靠在他耳邊低語。李成空鐵青著一張臉瞪著他，余家寶這時才又說道：「你願意安靜我才放手。」

為了可以重獲自由，李成空只能用著真誠的眼神直盯著他，拚命地猛點頭。余家寶慢慢鬆開手，而他則是連連大喘了好幾口氣，連口罩都摘下來了。

「上面有東西。」李成空啞著嗓子說道。

「我知道，你別亂看。」余家寶很冷靜，似乎正在思考怎麼處理。

「我的天啊，是不是他們把我開了什麼天眼啊？」李成空低頭掩面，聲音變得有些哽咽。他從沒這麼清楚看過死狀，而且還是一個進行式。他聽過自殺的人每天會在他當時自殺時刻重複一樣的行為，現在是午夜一點鐘，他們的正上方垂吊著一名女子，過長的繩索還落在他們身邊，隨著搖晃的吊扇而搖擺著。李成空剛才感覺到的搔癢感，就是這女人被繩索勒住後，懸空失去重心地搖晃而來。

而他抬頭的那一瞬間，恰好看見了那名女鬼最慘的死狀。臉色發青，舌頭都吐了出來，眼角還流著血，就如同文獻說的模樣，吊死鬼。

「你拿著這個。」余家寶從背包裡抽出一把相當有年代的短刀交給他，把柄上還纏著寫上硃砂的符咒，刀面看起來有些斑駁，看起來完全傷不了人。

「這啥？」李成空接過刀子，就算不明所以，他還是小心翼翼地收著。

「護身用的，不能真的傷人，但是可以砍冤魂。這短刀上過戰場，吃過鮮血，有靈性，你要小心收著。」

「哦……」李成空這下更慎重了，他抓緊那把短刀，深怕四周隨時會有突發狀況。

「好了，你保護好自己，我去收服她。」余家寶拍拍他的肩膀後，彎身往前走，似乎走到了結界邊緣，左顧右盼了一會兒，才緩緩站起身。

就在他站起身的瞬間，腰間的風鈴頓時大響，急促的鈴聲好似在催促著他快動手。余家寶趁勢從背包裡抓出一把符咒往上拋，符咒瞬間被一股氣流捲起，接著全都朝向正上方貼去。轉眼間，整個天花板都被符咒貼滿。

李成空沒看過這種景象，他仰頭張著嘴看得入神。

「冤魂躲在天花板。」余家寶似乎看出他的困惑，搶先回答。

「那、那……接下來該怎麼做？你幹麼把符咒全貼在上頭啊？」李成空緩緩站起身，吊扇的運轉聲與搔癢感全都消失，屋內再次陷入平靜。

「把她引出來，這符咒會把她躲藏的空間逼到待不了。這裡是她的地盤，比我們任何人都還要清楚怎麼躲，我只好用這招。」余家寶抬頭冷靜地看著，他一手抓著繩索，準備隨時將對方收服。

兩人就這麼站立，仰頭盯著天花板。

屋內突然傳來繩索拉緊並懸掛著重物而搖晃的聲音，寂靜的空間裡，這規律的聲響特別的清晰。李成空猜得出這聲音為何，腦中不自覺想像起有個人垂吊在繩索上，騰空搖晃的畫面，他不禁感到一陣反胃。

「出來，不要再躲藏了。」余家寶揚聲大喊中氣十足。

通常這時候躲藏的阿飄都會被他的氣勢嚇到，其實大部分的寃魂膽子很小，會露出馬腳，但是這次似乎沒有奏效，反而換來一片死寂以及越來越響亮的繩索搖晃聲。

「出來。」余家寶又喊了一聲，這次更大聲了些。

令人不安的聲音突然停下，李成空心想八成阿寶激怒對方，不過這是一種激將法，他並不怎麼擔心，只是下意識地將手中的短刀掐得更緊。

這時，上方傳來了細微的動靜，李成空覺得這聲音像是老鼠從上頭狂奔而過的聲音。他們倆抬頭循著聲音看去，下一瞬間他嚇得頭皮發麻。

貼滿符咒的天花板，慢慢掉出一條繩索，接著是一雙腳，再接著是一個穿著紅衣的女孩身影。對方有著一頭長髮，但是脖子卻被繩索套著動彈不得，怪異的女人就在半空中飄忽不定。

「唔……」親眼目睹整個過程的李成空不禁發出怪叫。那女人晃動了幾下之後，突然抬頭盯著他，空洞的眼神讓他下意識低頭，渾身顫抖。

那女人又晃了幾下，接著像隻蟑螂一樣突然翻身，四肢貼在天花板上往前爬行，繩子也跟著她移動。沒人猜得出她這舉動有什麼含意，余家寶更是小心翼翼地緊盯著她的一舉一動。對方突然又沒入天花板裡，只剩下一條垂至地板的痲繩。

「這傢伙很搞怪啊……」李成空親眼看到對方沒入天花板的姿態，嘆為觀止。

「帶著怨恨自殺的傢伙特別難纏。」李成空這時舉高桃木劍，戳了戳天花板，立刻傳來像是鐵板烤肉的聲音。這個冤魂果然也怕此物，但是天花板成了她最好的屏障，誰都奈何不了她。

余家寶瞇起眼，似乎很不悅。他舉起木劍往天花板畫了個大圈，又畫了一個只有他看得懂的陣型。這舉動奏效，天花板開始傳來撞擊聲，但是依舊不見那個女人露臉，不一會兒又陷入了平靜。

「媽的，這傢伙待太久，怨氣太深，誰都壓制不了。」余家寶懊惱地咒罵著，一瞬間他似乎也想不到辦法，只能雙手環胸仰頭苦思。

李成空無助地跟著看向天花板，既然余家寶都想不到辦法，他自然也只能等待，但是他隱約總能看見那個女人的黑影在天花板裡宛如水裡一般游動。這對他來說很驚悚，更是想不透一個帶著怨恨自殺的女鬼為何能做到。

突然，游動的黑影又消失了，余家寶繼續盯著黑影消失的位置，他直覺這傢伙又會有其他的舉動，只是一時間他們猜不到。

「真的很麻煩，這傢伙……」余家寶被她弄得很焦躁。

就在這時，他們又聽見了繩索搖晃的聲音，僅僅幾秒鐘而已，他們還來不及反應，天花板突然垂下幾條繩索，其中一條像是有生命一樣，直接套住余家寶的脖子往上扯。

措手不及的余家寶狼狽地被扯起，雙腳騰空無法施力，整個人無法呼吸，只能拚命猛蹬雙腳。底下的李成空也慌了，嚇得團團轉，而余家寶漸漸失去了掙扎的力道，整張臉變得鐵青，想出聲呼救都沒辦法。這種瀕死的感覺相當難受，這女人似乎打定主意要置他於死地。

余家寶手腳慢慢癱軟，無法掙扎。他的意識越來越模糊，他想這就是快死掉的感覺吧？真他媽的難受……

「阿寶、阿寶……怎麼辦，我該怎麼救你？」李成空仰頭慌張地喊道，但是眼看對方停止掙扎，他更不知所措。

「阿寶，不准死啊！你媽的，我說過有我在你就能避開死劫，不准死啊！」

李成空驚慌的聲音在他耳邊繚繞著，但是余家寶已經無法思考，眼前一片空白。

他腦袋裡只想著，他還不想死……他還沒當夠凡人的滋味啊……

「當過凡人，才知道凡人的滋味多有趣，對吧？閻王大人。」

突然，對他來說熟悉卻又有點陌生的聲音，帶著幾分笑意問道。

就在剛才他覺得肺裡的空氣被抽盡，意識一片空白之際，聽到了某個男人在對他說話。就在那一瞬間，他腦中突然湧出許多他感到陌生的畫面，就像是誰按到了倒轉的按鍵，畫面一個一個出現。對話、人們歷歷在目，最後畫面停格了，而他的靈魂依附在這個時空裡已經有相當久的時間，他感覺得到自己的情緒很不穩，甚至相當生氣。

「放輕鬆，要是每回審案都這樣，你會過勞。」一雙粗糙，屬於成年男人的手正在按摩他的肩膀，力道適中，讓人感到舒服。

「不會，被封為神格，就不會有過勞的問題。」他低著頭還在嘴硬，事實上他的確有點累。

「是嗎？你這硬邦邦的肩膀是怎麼回事啊？閻王大人。」對方笑問，這時他回過頭看著對方。那人比他高大許多，身穿藏青色的古老服裝。他低著頭看看自己，也是類似的打扮。

「好了好了，我知道了，今天的審案結束，你也早些休息吧。」他決定站起身與這個男人道別，這時他才有機會細看對方的長相。

是李成空……不，長得像李成空的男人，因為眼前這人看起來高大穩重許多了。

「你得真的乖乖休息，昨晚你的侍衛說，你又在書房裡看那些陳年未破的案子整晚。地府雖然在冥界，不分晝夜，但作息還是有分寸的。」男人皺著眉繼續嘮叨著。他這時才覺得性子上與李成空很像，而且他記得這人的名字……叫做……

「崔珏，你不要隨便去探聽我的侍衛行嗎？」他怒瞪著男人好一會兒，看著對方露出歉意的微笑，原本的怒氣稍微收斂了些。

「是你的侍衛很擔心，特地跟我說的。」崔玨毫無反省的意思，還把責任推給了他忠心的近身侍衛。

「別胡說，阿雙不是這種人。」

「是，我這是在考驗你們主僕的感情呢。」崔玨哈哈笑了幾聲，拍拍他的肩膀催促他快回去休息。

「你也快點回去休息吧。」他站起身準備離開這個看似華麗，卻讓他感到窒息的地方。他知道這裡是哪，這裡就是第四閻王殿，說白一點，就是他的辦公室。

崔玨身為首席判官卻總是面帶微笑，甚至有點輕浮，但是眾人都知道他是所有閻王殿裡地位最高的判官。沒人可以理解為何要指派這人來擔任他這個最年輕的閻王判官，但是看起來這人挺樂在其中。他望著轉身準備離開的崔玨，忍不住又出聲叫住對方。

「崔玨……」他叫喚的語氣帶著幾分依賴。他才剛上任不到幾年，對於這個長者充滿敬佩，若不是這人，他一定勝任不了這個職位。

「嗯？」崔玨回過頭，帶著幾分慵懶的笑意。

「今天有幾個案子，我審理得其實不好，是你幫我轉圜……謝謝你了。」

「你啊，別把外人的耳語放在心上。你知道除了你以外的閻王大人們，也是當差了好幾十年才上手。你才做個五年就讓自己陷入泥沼裡，往後怎麼辦？」崔珏總是笑笑的，直接又殘忍地說出真話。

他愣了愣，雖然覺得很刺耳卻也無法反駁，只能露出苦笑。

「我知道，我會好好休息。」他的確累了，這幾年下來，他開始懷念當凡人的日子。

「好，快回去休息吧，明天可有一堆案子要審。」崔珏揮揮手，頭也不回地離去。

他望著對方許久，最終才疲憊地嘆了口氣，轉身離開此處。

身為第四閻王殿的主人，他身上有太多矛盾。最初他以十六歲之姿接下這個位置，理所當然地遭到許多人質疑，包括部分閻王殿的人。因為他太年輕，因為他在凡間成就不凡，一場戰爭裡他救了許多人，最終英勇死去，而後天界正在尋覓新任的閻王，他成了人選之一。

地府的五位閻王裡，就數他的年紀與資歷最淺，這些質疑漸漸在他審理各種案子上浮現問題，因為他的一意孤行，審錯幾個案子，為此身為判官的崔珏卻私自扛下這些責任，也因為如此，崔珏雖然貴為地府的首席判官，名聲卻相當惡劣。

有人說，崔珏仗勢著自己的地位，掌控著年輕的第四閻王，在地府裡作惡多端，私下讓不少不合理的案子輕判過關，更有人說崔珏私下收了這些鬼魂們不少好處，於是第四閻王殿惡名昭彰。

事實上，他知道所有真相，全都是自己誤判造成的結果，但……這也是他開始對這個位置產生質疑的原因。

他恨透了因果循環，他無法接受因為一些錯而必須反覆輪回吃苦的冤魂，他更無法接受，為何有些人本性是善良，卻得在人間不停遭受苦難。每每他問起這件事，負責掌管生死簿的崔珏總是笑笑一邊把玩生死簿一邊對他說：「這就是命運有趣的地方。」

哪裡有趣了？

他忍不住大吼著，崔珏卻笑而不語。

「閻王大人，您要勝任這個位子，恐怕還需要點時間。」崔珏難得用資深員工的立場開口，這一說，倒讓他感到有些憤怒。

「我不想勝任，有些人無罪卻得受七世的苦難，有些人明明曾經傷害過別人，卻能擁有三世的榮華富貴，這判決我無法敲下定事槌。為什麼你總是能這麼冷靜地面對這些事？」他真的累了，趁著空檔在無人知曉的地方，攀著崔珏的肩膀問道，就在剛才他又做了一件不合自己意思的判決。

「他人的命運跟我又沒關係，閻王大人，我說，你再這麼悲天憫人，不但做不好這位置，

總有一天你也會出事的。」崔玨語重心長地說道。他知道這孩子因為年輕，因為承受了不少壓力，至今對每件事都顯得特別敏感。

當他知道天界指派他擔任這個有史以來最年少閻王的判官時，立刻察覺出天界別有用心，想來是這孩子的抗壓性與思維相當棘手。

不過，他在地府這麼多年，什麼狀況沒碰過？第四閻王的性子是太過極端了點，但是他還能應付得了，就算對方天天都深陷在困惑裡，工作還是得做，至於那些問題，他認為從不是問題。

會對因果產生質疑的閻王大人，真不能說出去給外人聽，況且這傢伙最初幹了三天，就一度對他透露想請辭。

這最年少的閻王大人說什麼也不能成為任期最短的閻王，要是傳出去，他這個首席判官會貽笑百年啊。只要出了問題他便會幫忙掩飾，哪怕是第四閻王竄改罪人的資料，原本該五世歷劫，卻變成三世榮華富貴，殊不知那位女子為了生得男丁，企圖奪取家產而殺害自己的丈夫與公婆。弒親可是重罪，但是該名女子對自己的親生母親非常孝順，大難來時犧牲了自己，才讓母親得以活下。

第四閻王大人只看到了這後果，不將前因看在眼裡，擅自改了對方的善惡記錄。由於定事槌已經敲下，他只能盡力地掩護，只要別被發現，只要這孩子乖乖做好閻王的工作，只要他耐心地安撫，他相信總有一天這個心思敏感的年輕閻王會有所改善的。

然而，他從沒想過，他會因為自己這輕忽的態度，賠上了自己的一切，導致第四閻王殿無法運作。

起因於某天第三閻王殿的判官，因為事務交代而與崔玨見上一面，當事情處理完後，該名判官卻為難地左顧右盼了一會兒，才低聲對崔玨說悄悄話。

「崔玨，說句真話，你先別生氣。」

「什麼事啊？這麼神祕。」他笑了笑，就算是來怒罵他，他也會笑臉迎人。

「最近第四閻王殿的判決有些古怪，上頭在查了，要是有失公允，你也會出事。」

崔玨皺起眉來，盯著對方許久。明明一切都掩飾得很好，為何會被察覺？

「雖然陽間地廣，我們地府的人管不到，但是最近陽間出了個極惡之人，甚至有機會掌權當官，造成民不聊生。按道理這種人不可能投胎轉世，造成陽間的因果關係大亂，這查下來是第四閻王放行，讓對方投胎，崔玨……這可是重罪。」

「現在上頭知道多少？」崔玨皺起眉，腦中一下子想不到是哪條案子。

「只知道極惡之人在陽間出沒，正要追查他的下落……」

「行，謝謝你告知，我來處理。」崔玨點點頭，腦中開始盤算事情該如何解決。

「崔玨啊，我們都知道第四閻王年輕，或許有些判決是他經驗不足而誤判，但是你也不能太縱容他。我聽其他人說你對他很好，小心，別把自己賠掉了。」

崔玨這時又笑了，看著對方一點也不擔心，這態度令人感到困惑。

「我不是縱容，是心疼這孩子。」崔玨悠悠地嘆了口氣。

「心疼？」對方越感困惑了。

「這孩子想法很極端也很仁慈，他扛了不少責任與壓力。雖說他年輕，但是你一定想不到，他經常在閻王殿裡查閱案子查到睡著。幸虧他是神，否則早晚會過度疲勞而死。聽說他生前有一、兩世就是這種死法，你說這麼乾淨，富有正義感的人，怎麼會不心疼？」

對方聽完這番話愣了愣，一會兒笑出聲來。

「崔玨，真不像你啊！你被他影響了？」

「呵呵，姑且算是吧。我在地府裡這麼久，還沒看過這種人，因為他總讓我想起已經有點遙遠的凡人時代。」他說，同時還露出一絲懷念之感。

閻王殿審案的時間並非全天候，就算是神也得休息，所以五殿閻王開衙門的時間，統一在午時開啟，子時關門，足足十二小時審案，中間當然也有休息放飯時間。一般來說，閻王會午時前進閻王殿，但是崔珏知道他們家的閻王是個例外。

他在辰時去了一趟閻王殿，果不其然看到一個偏瘦的身影趴在桌上睡覺，手邊還壓著一大堆尚未審完的案子。

「閻王大人。」崔珏很無奈，悄悄地靠近他身邊輕聲喊道。

「唔……午時了嗎？要開始審案了嗎？」第四閻王抬起頭，睡眼惺忪地問道。

「還早得很呢，想請問閻王殿下，您這是剛來，還是又在這裡徹夜未眠了？」崔珏笑咪咪地問道，眼角卻帶著一絲責難。

「我……呃……手上有幾個案子要看完，昨夜在這裡過夜了。」他支支吾吾地說道，視線更不敢與崔珏對上。

「閻王大人，在下不是說過，就算是神，也會累也得休息，您直接在這裡過夜，實在不妥。萬一累倒了，我們會被扣錢、扣分，上頭也會責怪下來，您曉得嗎？」崔珏依舊笑著，那抹笑容讓高高在上的第四殿閻王越來越心虛了。

「知道……我、我會先回去休息，午時再來。」他站起身，慌慌張張地離開，這時卻一個不穩往前倒下，崔珏眼明手快一把扶住了他。

「閻王大人，您必須好好休息。」崔珏斂起笑容，嚴肅地說道。

「好……剩下幾個小時，我回去歇會兒。」他尷尬地站起身，但是過度疲累產生的暈眩感猶存，令他不是很舒坦。

「今天不審案了，在下等會兒會提交臨時休庭的申請。閻王大人，今天請務必回房好好地睡一覺。」崔珏擺擺手，不容他拒絕地說道。

「這可不行，還有一堆案子要審。」果不奇然，他立刻拒絕。

崔珏預料到他會是這種反應，從衣服內裡拿出一張折疊整齊的紙張，他接過一看，發現那是今日休庭的許可書，還有其他四殿閻王親自蓋章簽名的字跡。

「你……你怎麼可以擅自……」

「是另外四位閻王大人一起提議要您好好休息，不是我擅自。他們看您幾乎都快住在閻王殿裡，擔心您會是第一個過勞死的閻王，這可不光彩。」

「別說得這麼嚴重。這麼隨便休庭，不會影響工作進度嗎？」他盯著那張休庭許可，還是很掙扎。地府每天承接的業務量龐大，隨便怠慢的話，恐會造成大亂。

「會分配給其他人，您就別想太多，快去休息。」崔珏一字一句地說道。他不希望自家主人這麼囉唆、婆媽，連休息都不敢，簡直像個循規蹈矩的乖學生，真可憐。

「行了行了，別這麼盯著我看，我回去休息就是。」最後，他還是收下休庭許可，向崔珏道謝之後，乖乖地離開閻王殿。最後關上大門的人還是崔珏，他回頭看著這位忠心卻又有點勢利眼的下屬，他總覺得對方那抹溫和的微笑有些古怪，卻也沒多想。

他更沒想到的是，拿到這只休庭許可書之後，第四閻王殿居然整整關閉了長達百年之久，至今依舊沒有運轉的跡象，至於原因，他很清楚就出在自己與崔珏身上。

第四閻王殿休庭後，約莫過了三天，這時間已過了子時。按道理來說，各閻王殿已經結束今日的審案，但是那晚的第一閻王殿並不平靜。

除了第四閻王不在場外，其餘的閻王與他們各自的判官都到場，他們圍城一圈，似乎在審案，卻又不是，個個神情凝重。被圍在之中那名跪地，雙手還戴著枷鎖的男人，正是地府的首席判官，崔珏。

「崔判官，你獨自扛下這些罪狀，又是何苦呢？」負責審案的領頭，正是第一殿的閻王大人。在地府裡他的位階最高，崔珏之前更是他的左右得力助手。

「我說的是事實，這件事與第四閻王大人無關。」崔珏低著頭不去理會眾人的目光。這是一場不能公開的審案，這些人想掩蓋事實，畢竟為官的帶頭犯錯，會造成地府動盪，但是事情必須解決。

「你們擅自讓極惡之人投胎，如今對方已在人間造成大亂，戰爭、天災、人禍，造成不少

無辜的生命死去，天界已經下令要追查這件事，這已經不能用疏忽帶過，你們必須扛下所有責任。」第一閻王揉揉眉心，目前的人間非常混亂，各地都是戰爭，每天都有很多人死亡，負責勾魂的無常們忙得不可開交，地府等著審案的冤魂更是排到無法估計的數量。

而今，他們必須想辦法解決這件事，首先得從惹出禍端的第四閻王殿下手。

「所以呢？諸位大人想怎麼做？總之，整件事情皆因我而起，生死簿由我管，極惡之人能投胎也是我的意思。」崔玨依舊維持一開始的論調。

關於極惡之人放行投胎一事，他當然也私下做過調查，這是第四閻王大人剛上任不久後審的案子。說起這位極惡之人的生前身分相當特殊，一度令他們暫停審案，好讓第四閻王大人平復心情。

此人是閻王大人約莫三世之前的親生父親，一個不怎麼值得提起的人，在外作惡多端，據說是個十惡不赦的山賊頭子，但是這麼一個人卻有個難以抹滅的紀錄，此人對於自己的雙親、孩子和妻子是出奇的好。人性就是這麼微妙，惡人總有可恨與可憐之處，此人為了家境而步上當盜賊的路，就在他死前殺了九十九個人，身上背著如此多的人命，自然得在地獄受苦。

在地獄裡歷經火刑、炸油鍋、針山之苦後，這個男人終於得以獲得進入閻王殿審案，進行下一個審判階段，這部分將針對他的前世功過來決定投胎或者繼續接受刑罰。崔玨從以前就覺得這是個相當有趣的制度，通常這些罪惡之魂一定希望繼續刑罰，因為一旦投胎，往往都得受七世以上生不如死的生活。

有時，他覺得再生為人反而不是好事，畢竟歷經生老病死就是原生劫難，每個人都得度過，最好的結果就是得道升天。

「罪人吳阿蠻……」身為閻王的他，必須把持住情緒，儘管已經翻轉多年，容貌已經完全不同，但他還是一眼認出對方曾為他的生父。這樣的情況下，他的情緒早已掀起了波瀾。

「你可認罪？」他輕聲問著，崔玨卻已經察覺他的異狀。

「認罪。」跪在下方等候判決的吳阿蠻倒是沒什麼情緒，崔玨翻了翻這人的生死簿，天生帶著極惡之人的暴戾命格，對外相當無情，唯一的軟肋就是親情。據說生前伏法，就是因為一家老小被脅持，他才出面投案，最終落得砍頭之刑。

崔玨心想，這大概會被打入畜生道，要是表現良好，約莫第七世才能覓得能求得溫飽的人家投胎做人，但是終究都帶著吃苦命格。

只是，他覺得自家閻王大人的狀況不對，下判決時拖拖拉拉，視線緊盯著這個吳阿蠻，握著定事槌的手竟然在顫抖。崔玨這時又翻了一次吳阿蠻的生死簿，這才察覺此人與閻王大人的關係匪淺。

「……念你對母、對子尚存一片孝心，可讓你再世為人，此回你必須真心悔改，下輩子好好做人。」他就這麼輕輕地敲下定事槌，卻也讓崔玨一陣慌張。

但是，此案已定，他沒有任何挽救的機會。這個帶著極惡命格的男人被帶下去，準備進入投胎的程序。崔玨一臉惶恐地與閻王對上視線，卻看見他淚流滿面，一句話也說不出來。

崔玨當下只知道，這下會出大事……

「閻王大人，這判決……」

「我知道我的判決有問題……但是他是我的生父，他對我們極好，我無法、無法把他打入畜生道，我做不到……」高高在上的閻王啞著嗓子對他這麼說。

崔玨看著他，一時之間想不到其他的法子。這個過分仁慈的閻王大人，終究還是躲不過親情這一關。

再後來，崔玨改了此判決的部分內容，所有的事情全成了他收賄而讓此人輕判得以投胎。此事直到對方在人間造成大亂、作惡多端之後，被其他的閻王殿察覺，在事情還沒鬧大前，決定私下解決。

所有的過錯全由崔玨扛下，這是眾閻王大人一致的決定，但是這群老傢伙還有別的打算……

「崔玨，為了彌補過錯，你必須前往人間將那位極惡之人除掉，事成之後與第四閻王一同前往第一閻王殿認罪，我們會看你們的執行成果決定責罰。」

「等等，此事我一人擔起，第四閻王大人不應該一起受罰才對。」崔玨挺起身抗議，他絕不會拖閻王大人下水。

「下屬犯錯，上司理應也得受罰，況且……第四閻王殿上任至今，似乎還不是很穩定，我們想……或許該換一個……」第二閻王大人輕聲開口說道，對於這位最年少的閻王，他其實最不看好。

「不，他這麼認真，你們不該單憑一件事就否定他。」崔玨壓不住怒氣，繼續反抗。想起總是徹夜在書房，閻王殿裡查案的年少身影，他或許是所有閻王裡最認真的一個。

「崔玨，這個案子會怎麼判，容不得你這個判官來說嘴，更何況，你現在是戴罪之身……總之，事情完成之後，必須帶著極惡之人的魂魄返回地府認罪，另外，你與第四閻王大人也必須做好心裡準備。」

眾人不再理會他的抗議，這時他們還召來幾名鬼將，壓住崔玨，直接用鐵烙在他胸口刻下「罪人」二字。同時，還給他施了法，不許他將今日審議的結果透露給第四閻王殿的人知道。

沒人曉得這群人試圖將第四閻王定罪，崔玨更知道茲事體大，一個被封神的人若是被定罪，下場比凡人還悽慘，可能不只歷劫而已，受的劫難肯定比凡人多上百倍。這麼認真的孩子，只不過一時逃不過親情的關，就得受這種輪回之苦，他怎麼想都覺得不值得。

於是，他暗暗想了個計謀，直到逼不得已的情況下，他才讓第四閻王大人知道真相。

「沒想到為了查案，得特地重回人間一趟。」第四閻王大人漫步在人潮熱鬧的街道上，心情似乎相當輕鬆，絲毫沒有查案的嚴肅感。跟在後方的近身侍衛阿雙，倒是隨時警戒的姿態。

他們已經休庭將近一週的時間，據說只要完成這次的工作，第四閻王殿即可重新開張。

「是啊，事態挺嚴重的，我們不小心放走了一個不該投胎的人，他們氣壞了，所以才要我們親自返人間勾魂，只要將對方的魂魄拖回地府即可交差。」崔玨走在前頭，對著周邊的攤販充滿興趣，同樣心情輕鬆。

「原來如此……」閻王大人從衣袖裡抽出此次的任務書，細細看著上頭的內容。上頭只寫著拘魂對象的名字與居住地，拘魂的時間則必須在午夜子時過後，天亮以前。他不曾做過這種工作，其實內心有些緊張。

「閻王大人，這次個任務其實很簡單，你輕鬆點吧。勾魂的程序我曉得，屆時你只要在一旁觀看即可。」崔玨回頭朝他一笑，似乎察覺他內心深處的不安。

「是嗎？但是，勾魂可是大事……」他還是有些不安，畢竟是結束一個凡人的壽命，不管如何都必須慎重才行。

「是啊，但是也得等午夜才能執行。閻王大人，這段時間我們可以走走逛逛，順便吃些美食，別忘了……你現在還是休庭狀態，還在放假。」

這時，閻王大人盯著崔玨的笑容，不禁也勾起笑，還回頭招了招阿雙，示意他別老是離這麼遠。

「跟著你，一切就安心了。」閻王真心地說道，還露出鮮少出現的淺笑。

崔玨看著他那笑容好一會兒，一想起事實真相，他的心頭竟然覺得有些疼痛。

天黑前，他們的確玩得很盡興，崔玨事先已經調查好附近能玩能吃的景點，帶著閻王與阿雙一路走逛，儼然是盡責的嚮導，然而一入夜卻下起了大雨。這場雨來得突然，他們急急忙忙找了間客棧避雨，同時租了間廂房等著午夜開工。

「這場雨下得真大，不太對勁。」閻王大人站在窗前，看著不斷飄雨的夜空，看著因為狂風暴雨而搖曳不停的紅燈籠，感到有些不安。

「夏季總會有幾天下大雨，很正常的。」崔玨倒是不怎麼擔心，似乎還很享受地聽著外頭的雨聲。

「但願沒事。」閻王大人這時發現街道上開始積水，正在趕路的行人涉水前進，一刻也不容得停留。

「沒事的。」崔玨依舊笑笑地說道，但是晚些的氣候卻越來越糟。不久之後，外頭傳來眾人急忙的大吼。這場雨出乎意料的大，山上的河水湍急，一時間消耗不了如此大的水量，連帶沖下不少巨石，接著引發了一場大洪水，朝他們所待之處襲來。很快，他們聽說離山城外只有幾里遠的溪流暴漲，還沖走了不少人。

「崔玨，我們得去看看。」閻王大人眼看事態嚴重，無法坐視不管，更不忍心看那些無辜生命逝去。

「行，我們走吧。」崔玨這時倒也不猶豫，起身準備出發。始終沉默的阿雙反而覺得他有些古怪，一直盯著他瞧。

「阿雙，快準備準備，我們去溪流那頭看看情況，更何況今晚要勾魂的對象就住在溪流的另一端，這一趟不去不行。」崔玨大概是感受到他的質疑，立刻解釋道。

「知道了。」阿雙沒有多問，手腳俐落地收拾好東西，一把扛在肩膀跟著兩個主子離開客棧。他們各自撐著傘，身上都被這不停落下的下雨濺濕。這時水位也越來越高，彷彿要將這個小城鎮淹沒。

直到他們抵達溪流旁，才發現沿著溪流建造的房子幾乎被大水沖毀，連接到另一端的木橋也搖搖欲墜，上頭還有許多逃命的人匆匆地從另一端走過。

「這橋快被沖斷了，不應該繼續在這上頭行走了。」閻王大人眼看情況不對，拋下傘，衝進人潮裡，試圖驅趕那些人不要上橋。

「大人，等等……」阿雙與崔玨來不及攔下，看他一股腦兒衝進去，不禁捏了把冷汗。

「阿雙，我去將大人找回來，你在原地等我，免得我們走散。」崔玨回頭對阿雙這麼喊道，也跟著衝進人潮裡。原本想跟上的阿雙只好乖乖聽令，只是他總覺得不太對勁，心頭更有些不安，但願一切只是多想。

「閻王大人……」崔玨混在人群中呼喊，總算在不遠處看到那抹偏瘦的少年身影正在勸阻其他人不要上橋，順勢拉過那些急忙逃命的人們。

「崔玨，快來幫我。」他回過頭喊道，人群不停從他們身邊流竄，不安地尖叫、哀嚎，聽起來讓他感到心情沉重。

「大人，我們得先回到岸邊，這大水越來越急，橋遲早會被沖斷。」崔玨總算來到他身邊，有些緊張地提醒。

「得先勸那些人不要繼續上橋。」閻王依舊心繫那些人，絲毫沒有離開的意願。崔玨瞧了他一會兒，猛地拉起他的手往橋的另一端走去。

「崔玨，你做什麼啊？」閻王對他的舉動感到困惑，這時候不是該救人嗎？

「閻王大人，請原諒下屬騙了您。」崔玨繞過人群突然這麼說道。

「什麼？」閻王一下子反應不過來，他們已經站在橋墩的另一邊。這時遠處傳來一陣巨響，又一股大水夾帶著可觀的石頭從高處滾下，伴隨著尖叫與驚吼，橋被沖斷。崔玨卻在這時悄悄握住閻王的雙手，往那滾滾的河流推下。河水很湍急，他們一時抓不穩，崔玨用了點術法讓閻王暫時能安穩地被他拉住。

「崔玨，你想做什麼？」閻王的半身懸浮在河流上，身上都被泥水打濕，但是一瞬間他知道自己被包圍在崔玨設的結界裡。

「我騙了您，根本沒有勾魂一事，是其他閻王殿要收拾您。先前我們放走了極惡之人，讓他在人間作亂，其他閻王殿誓言要追查，要將您定罪，但是……閻王，請您放心，這一切我都會扛起，一切都是我的決定，極惡之人的錯也是因我而起，全與你無關，我也希望你不要受罪人之苦，所以才出此下策。」

「崔玨，別這麼做，你不能這麼做。」雖然只是簡短的說明，但是閻王立刻聽出緣由。他晃了晃身軀希望回到岸上，但是崔玨早就將他牢牢抓住，令他無法放手。

這一刻，他們就像在訣別，直到現在才知道真相的閻王，開始不安地大喊。

「閻王大人，這是我唯一想到能保全您的辦法。您的傻勁與認真在下非常佩服，也不願您因此淪為罪人受苦，一切我都替您準備好了……」

「我知道，您的元神出自一家專為地府辦事的余家，真名余羅生。我已經替您改好生死簿，您將會在余家裡輪回轉生，當個凡人，不會歷劫，不會吃苦，而我會扛下所有的罪過，或許，有機會將來能在人間裡與你相遇。」

「我知道我這麼做，您會很憤怒，但是我別無他法。往後您在人間請盡情享受凡人的滋味，閻王大人，我不忍心看您被他們犧牲……」

「不，不不不……崔珏，你不能這麼做……」他下意識地抓緊對方的手腕，力道之大，都勒出淤痕了。

「閻王大人，我必須這麼做……那些老傢伙想利用您來打擊天界遴選閻王一事，他們想將所有的主導權拿回手上，才會讓您匆忙上任，故意等您搞出紕漏。您的仁慈是他們利用的缺點，如今將所有的錯歸在您身上，這不公平……不過，您可以放心，您能安心地當個凡人，或許往後我們還有機會在人間相見。我知道我可能會被定下何罪，可能是流放人間，可能是好幾世的歷劫，但是請大人放心，這一切我都扛得住。或許我不是最好的判官，但是我對我的主子向來最忠誠。您放心，不管您人在何處，我都會盡我所能守護您。別了，閻王大人，後會有期。」

崔玨輕輕地放開手，他依舊奮力想抓住對方，但是就在對方放手的瞬間，結界也被收起，他就這麼隨著滾滾洪水流走，消失在崔玨面前。

「崔玨，你這個傻瓜……你不能這麼做，你不必這麼做……」

他記得自己失去意識前奮力地這麼喊著，喊到嗓子都啞了，而最後的記憶則是深刻記得，崔玨那下定決心卻又哀傷的神情。

身為生死判官的崔玨，的確能在生死簿上動手腳，於是他在崔玨的掩護下，進入輪回，在余家裡擔任鬼差一職。他已經不太記得自己輾轉輪回了幾世，但是他記得總會有個男人離他有些遠，細心地守護他，替他避掉死劫，迷魂茶樓始終沒察覺他的真實身分。

直到今天，

我們會在人間相見，

而我，會是您最忠心的下屬，我會守護您的每一生一世。

「喂，阿寶，你聽得見我的聲音嗎？」

余家寶從遙遠的記憶裡逐漸歸來，竄入耳裡的是李成空焦急的呼喊聲。

「李成空……」他痛苦地睜開眼，喉間的束縛感全消失。他迷迷糊糊地對上李成空的臉，還有他的手，發現對方手上握著不久前他交給他的短刀。

「沒事了……你給我的這把短刀，雖然不能砍人，但是砍這些奇奇怪怪的阿飄似乎很有效。我也不太懂怎麼處理，但是我從你的背包裡找到之前綑綁阿飄用的紅繩，順利將她收服了。」李成空看起來花了點時間讓自己冷靜，他喘著氣指著不遠處。的確有個黑糊糊的東西被一張紅繩交織的網子罩著，像是被黏上快乾一般，對方怎麼掙扎也掙不開。

「我沒死……」余家寶乏力地說著，剛才被勒到無法呼吸的感覺猶存，而現在每說一字一句，都覺得喉間熱燙得嚇人，卻也是他還活著的證明。

「當然沒死，我不是說過嗎？只要我在，你就可以避開死劫啊。」李成空露出自信的微笑。雖然剛才余家寶一度翻白眼失去意識時，令他緊張又心慌。

「……嗯，是啊……」余家寶看著他的笑容，想起了崔玨放手前的表情，完全一樣，一點都沒變。

「謝謝……」余家寶啞著嗓子低聲說道。這聲感謝可是夾雜著多年來累積的情感，記憶全都湧上，如此厚重的分量竟然讓他想哭。

「啊……這沒什麼好謝的啦，真的……靠，你別哭啊！」李成空看他眼角泛淚，這下更慌了。

「一直以來真的很謝謝你……」余家寶閉上眼，頓時拋掉了許多重擔與痛苦。他覺得有點累，或許可以小睡一會兒。

因為李成空，因為那些記憶，讓他有了前所未有的安心感。

「喂喂……你別這樣啊！你該不會要掛了吧？不要說這種像遺言的台詞，拜託你啊，阿寶，別嚇我！」李成空搖搖他的身軀喊道，他完全不懂為何恢復意識的余家寶像是被換了個人一樣，該不會這傢伙被穿越了吧？

「沒事啦，我好累，你讓我睡一下，行嗎？」余家寶半睜著眼。他現在只想好好地睡一覺，反正有李成空在，一切都不用擔心。

「不是啊，阿寶，你不能這麼睡著，那隻女鬼怎麼處理？等你醒來嗎？」李成空繼續搖著他的身軀，死命弄醒他。

「你就把繩索揉一揉，像是揉紙團一樣，不要讓她跑出來就沒事。唉……我真的睏了，讓我睡一下，你背我回茶樓，拜託了。」余家寶毫無牽掛地閉上眼熟睡，五秒後還傳來鼾聲。

「哇靠，不准睡啊！你給我起來起來起來，什麼叫做揉一揉就可以了？起來啊！到底你是鬼差還我是鬼差啊？王八蛋，不准睡，起來！」

李成空繼續大喊著，整個空房裡迴盪著他的聲音，但是佘家寶絲毫不為所動，睡著睡著還不小心勾起了幸福的微笑。

睡夢中，他又想起了崔玨對他說過的話。

我們會在人間相見，而我，會是您最忠心的下屬……

（全文完）

番外篇

茶樓裡的古墳場

番外篇　茶樓裡的古墳場

Halloween。

Trick or treat.

bobbing for apples.

Apple, Apple……

「好想吃蘋果。」躺在上鋪看單字卡的余家寶，突然下了這個註解。

他背著這些單字，越背越乏味，此次英文小考可能會考到的單字，不過他覺得純粹是十月底萬聖節快到了，英文老師應景地想考考大家對節慶的敏銳度，比如九月底他們還考過中秋節相關的小考，當時要把嫦娥奔月中翻英，還得編寫成一套劇本，簡直是折騰死人。

這次他無法判斷英文老師會怎麼出招，總之先把這些關鍵單字搞定就對了。

於是，他繼續無意識地背單字，最後竟然覺得有些昏昏欲睡，打了個哈欠，閉上眼，沉入夢鄉。

很難得的，他做了一個夢。他站在一個相當古老的墳場前，鼻息間都是潮濕的泥土味，不遠處似乎聽見有幾個人正在竊竊私語。

「我覺得，我們應該跟地府申訴，也該像西方一樣，把鬼節搞得熱熱鬧鬧，像一場嘉年華一樣。」這聲音很蒼老，說起話來中氣十足，強烈地表達出自己的不滿。

「就是說啊。每年只有吃吃喝喝，挺無聊的，你看看他們還有這麼多活動，混在一群裝鬼的人類裡，也不會被發現。」

「不如我們跟地府的人提議看看？」

「別傻了，他們不可能答應這種提議，農曆七月可是整整一個月的暑休，萬聖節才一天，權衡之下，一定不會答應。」

「這麼說也有道理，不過，可以混在妖魔鬼怪之中一起去挨家挨戶地要糖果，其實很有趣啊。」

「這倒是。身為一個鬼，有時候也想跟人類和平共處，不過抓交替啥的工作還是得執行。」

「是啊，誰叫我們是鬼。」

「唉唉，好像有活人的氣味，剛剛的對話可不能被外人聽見，快走快走。」

接著，聲音遠了，夢境也遠了，余家寶緩緩醒來，卻對上李成空困惑的眼神。

「你幹麼偷看我睡覺？」余家寶很不悅，他不太喜歡自己的隱私被看光光的感覺，就算兩人共處一室的日子不少。

「我這不是偷看，我只是察看。」李成空很無辜，他也沒偷看人家睡覺的興趣，況且要看也要看女人，他才不看睡覺會張嘴打呼的小鬼咧。

「那你在幹麼？」

「我剛打工結束，一回來就聽到你唉唉叫，我才想問你發生什麼事，結果一看還在睡覺，你做惡夢啦？」李成空挑挑眉，好奇地問道。他挺意外余家寶也會有這種情形，這麼正向又不怕死的孩子，居然做惡夢了，他這個宛如哥哥的人是否該來拍拍他呢？

「沒。」余家寶翻過身背對他，李成空看到一抹名為口是心非的背影。

「哦……那你剛剛唉唉嗚嗚是怎麼回事？練唱？開嗓？」李成空還是不死心非要問出答案。

「……不是惡夢。」余家寶還是無法逃避，不知為何，知道所有的真相，尤其李成空的真實身分之後，他對這人只有坦白的分，儘管這傢伙還是狀況外，據說是經歷太多世的劫難，早忘了他的真實身分與記憶，現在已經是徹徹底底的凡人。

「不然呢？是什麼？」李成空盯著他的背影繼續追問，看余家寶願意鬆口，他也就不客氣地繼續追問下去啦。

「我夢到一個很古老的墳場，他們在討論萬聖節的事。」余家寶想了想，他覺得自己像是誤闖了某個禁地，打從清醒至今還是覺得很不舒坦。

「夢裡的人都是活人嗎？」李成空覺得這個組合很新鮮，又看到余家寶扔在枕頭邊的單字卡，不免懷疑是他背單字背到昏頭也說不定。

「感覺起來不是，是存在很久很古老的人，很像鬼又不像鬼，他們討論萬聖節的事情討論得很開心，然後……」余家寶坐起身搔搔頭，如果只是一般夢境他才不會管這麼多，然而他這突如其來的感覺，讓他無法忽視。

「然後什麼？」

「那個位置總感覺在附近而已。」余家寶仰頭嗅了幾口氣，似乎在判斷方位。

「你說夢裡的那個墳場？」李成空看了看四周，開始起了警戒心。

「應該就在附近，感覺不是很好，離萬聖節還有幾天，我得盡快查出真相。」

「為什麼得查？不就是作夢而已嗎？」李成空雙手環胸面露困擾，他實在不想這麼麻煩。

「我很少做夢的，碰到這種事通常是一種警訊，萬一沒處理，可能會出大事。」

余家寶頓了頓，盯著李成空許久。距離先前解開自己身分的事還不遠，他還在適應自己的新舊記憶與身分，偶爾他看著李成空會看得相當入神，腦子裡想的都是很久遠的事情，也會忍不住好奇，要是李成空還記得當時的身分，他會怎麼應對這件事？

畢竟，他是打從心底認為那人值得信任，相當可靠，而現在的李成空，個性、作風早已不同，甚至還有點笨。

「這麼嚴重啊？」李成空擰起眉，雖然平日喜歡跟對方鬥嘴，但是重要的時候，還是挺聽對方的話。

「任何小事都可能變得嚴重。」余家寶慢慢地從上鋪爬下，雖然睡意甚濃，但是剛才的夢境早已惹得他毫無想睡的意思。

「你要去哪？」李成空顧不得手上的東西，急忙跟上。這小子行動力太強，他往往只有跟在後頭的份，不過最近的他的態度有了微妙的轉變，至少對他多了幾分客氣。或許是念在之前救了他一命的關係，他想這小子挺懂得報恩這回事。

「下樓去晃晃，我想查出古老墳場的地點。」余家寶雙手插褲子口袋，慢條斯理地往前走，從宿舍房間走到樓下的餐館得爬過好幾階。茶樓的設計相當古色古香，但是回字形的樓梯讓行走的人總得費點力氣，同時茶館也是他們的員工餐廳，紀信會在固定的時間提供三餐。那人雖然冷冰冰的，但是廚藝很好，每天弄得菜色幾乎不重複。

廚房就像他的領域，但是紀信也不太喜歡他們在茶樓的營業時間裡出沒，這會造成他小小的困擾，畢竟夜裡會在茶樓用餐的訪客多半不是活人。

「不好吧？現在下去，紀信會擺一張冷臉給我們看吧？」李成空光是想像那張不苟言笑的臉，又打了個冷顫。

「他還能對我們怎麼做？只是下樓晃晃，不影響他做生意。」余家寶回頭看了他一眼，認為這沒什麼好擔憂，反而還拍拍對方的肩膀以示安撫。

「走嘍，你怕的話，就別跟了。」

「什麼話，當然跟。」李成空敵不過自己的好奇心，晃啊晃地跟上了他的腳步下樓。

夜晚的茶樓向來很熱鬧，杯酒交錯，談話聲不斷，但是走在迴廊上的他們就是沒碰見任何人。孟婆曾說過，來的客人往往都是幽冥界的人物，有些是地位高的鬼王，還喜歡定期來這裡吃一頓。偶爾神明間浮不上台面的交易，也會在這裡進行。

有時，李成空覺得茶樓的定義並不如他所知道的簡單，或許還有其他用途，但是這些事不是他這個小員工可以知道，就算問了，孟婆也不會回答。

「這時間你們在這裡做啥？」紀信端著一盤擺設高雅講究的菜盤經過迴廊，一看見他們兩人，立刻擰起眉問道。

「我們來查點事情。」余家寶看著紀信說道。自從想起自己的過去後，他對紀信似乎也不怎麼畏懼，反倒紀信對他還多了幾分禮讓。

「出了什麼事情？」紀信向來敏銳，尤其這兩人湊在一起就是出事的代名詞。

「呃……」一旁的李成空眼珠子溜溜轉，努力地想說詞，僅僅一瞬間還是被紀信看出真相。

「茶樓裡不能有事情瞞我，就算孟婆大人對你們放任，到我這關就不行。」紀信冷冰冰地說道，似乎插手管到底了，還差遣了個服務生，將手上的菜盤端給對方。

「說吧，是什麼事？」紀信依舊挺直著身軀。那硬邦邦的模樣，讓兩人互看了一眼，百般不願卻也只能妥協。

「我做了一個夢，這裡好像有個古墳場……」余家寶快被對方銳利的眼神殺死了，他迴避了一會兒，總算願意坦白。

「這裡？」紀信仰頭想了一下，他聽孟婆提過，這裡過去是廢棄的墳地，既然是地府的分支部門，選中的根據地自然也得是聚陰之地。

「這裡的確是墳場，不過已經都清除乾淨，成了一個乾淨的走道，怎麼？有什麼問題嗎？」紀信不覺得這是多大的事，但是看這兩人鬼鬼祟祟的樣子，他非跟不可。

「我聽見幾個人在對話，有幾個想過萬聖節。」

「茶樓不過萬聖節，那是洋人的玩意兒。我上回通融過情人節跟聖誕節已經是很大的讓步了，尤其聖誕節，幾個高高在上的地府長官們戴著聖誕帽交換禮物，還要我弄出一盤烤火雞，實在太不像話。」一提到這些洋人節日，簡直像是踩痛他的尾巴，讓他無止盡的抱怨。

「我又沒說我要過萬聖節。」余家寶無奈地打斷他的話，紀信這防患未然的性子，連他都受不了。

「不管如何，別提這件事。」紀信想了一下行程表，距離十月底不到兩週，他想孟婆那傢伙肯定會有什麼打算。

「不過你倒是提醒我得注意孟婆，這人什麼節都想過，連植樹節都想跟著種一棵樹。」紀信摸摸下巴繼續自言自語，另外兩人只好面面相覷，各自盤算著下一步該怎麼處理。

「紀信啊……我們想找出古墳場的那幾個人，畢竟他們還在執行抓交替的任務，這裡是茶樓，你們允許這裡可以鬧出人命嗎？」李成空打斷他的自言自語，舉手發問道。

「當然不可以，既然你們堅持，我跟你們一起把古墳場的位置找出來吧。」紀信嘆了口氣，帶著他們往前走，不知不覺將主導權拿在手上。

跟在後頭的兩人互看一眼，心底很清楚紀信的個性，倒也不反對他的做法，畢竟相較起來，紀信比他們還要清楚茶樓的結構。

「我們得去地下一樓看看。當初打地基時，據說地下有條通道，四周都是廢棄無人祭祀的墳，地府派了些人來整地，唯獨那條通道沒有拆除。」紀信慢慢地往下走，停在通往地下室的鐵門前，摸索好一會兒才開了門。

「這裡平常都是上鎖的狀態，沒有允許不能進來，今天破例。」紀信推開門後按下牆邊的開關，幽暗狹小的樓梯間瞬間重獲光明。

但是，僅靠著牆邊的小檯燈，能見度有限，而這厚重的潮濕味讓人感到不舒坦。

「茶樓到底還有多少我們沒去過的地方？」尾隨在最後頭的李成空，看著樓梯走道，難掩讚嘆。

「可多了，茶樓還有另一個門，可以直通地府，但是絕非特殊情形是不會用到那扇門。如果你有興趣，可以跟孟婆說說看。」紀信回頭冷著一張臉這麼說道。太過嚴肅的口吻，讓人猜不透他是開玩笑抑或認真。不管哪個選項，總之搖頭拒絕就對了。

「我一點興趣也沒有，我才不想去地府，我活得好好的，去那裡幹啥？」李成空猛力地搖頭，深怕這傢伙認真起來，然而余家寶卻眼神有些古怪地回頭看了他一眼。

「怎麼啦？」李成空被盯得莫名其妙，阿寶最近常用這種眼神看他，難道自己做了什麼虧

待對方的事？

「沒事，能不去地府就別去，真不是好地方。」余家寶認真地說著，這口吻卻不像往日的他。

「阿寶，我老覺得你這一陣子怪怪的，好像沒把話說完，而且剛剛說了好奇怪的話，我說你……我聽說你已經默認自己是第四閻王，但是除此之外，你什麼都不講。我問你，你每回都逃避問題，你到底隱瞞了什麼事沒跟我說？」李成空壓抑不了好奇心，將問題全丟了出來，余家寶卻只是回頭看著他。

「沒事，你別想太多。」余家寶丟下這句話後，埋頭往前走。李成空還想追問，但是對方的態度讓他只能打住，這時他也發現另一個問題。

「這階梯好長。」他忍不住低語，他們少說走了快一分鐘，這階梯未免也太深了，似乎不只一層樓高了。

「就快到了。」紀信才說完，他立刻停下腳步，眼前是一扇相當老舊的木門，上頭全是斑駁的痕跡。

紀信盯著門好一會兒，才緩緩掏出鑰匙解開厚重的鎖。這裡看起來太久沒人來過，光是開個門就揚起一陣灰塵，漫天飛舞的灰塵讓後頭的兩人忍不住猛咳嗽。

「安靜。」紀信被吵得受不了，回頭狠瞪了他們一眼。

「很難好不好，我跟阿寶都快嗆死了。」李成空咳得眼淚都快飆出來，紀信卻像沒事一樣地看了他們一會兒，才轉身跨進裡頭。

裡頭一絲光明都沒有，對他們來說完全是未知的領域，余家寶跟在後頭，嗅到潮濕的泥巴味，立刻與他夢裡的情境有了連結。

「這味道很像，就是這裡。」余家寶身歷其境的古墳場與這裡太相似，只是一眼望去，除了腳下的潮濕觸感，卻什麼也看不見。

「但是，這裡不像墳場啊。」李成空似乎有些怕，他抓住余家寶的肩膀，低聲問道。對於自己的恐懼毫不掩飾，卻也換來紀信一臉鄙視。

他無法聯想這人過去就是鼎鼎有名的崔珏，那個叱吒整個地府的首席判官，如今卻畏縮，且膽小如鼠。

「我說你真的是跟以前……」紀信話還沒說完，立刻被余家寶打斷，難得一個狠瞪，夾帶些許威嚴，用著眼神警告對方不許多嘴。

這微妙的氣氛立刻讓李成空察覺，他想問，那兩人卻又用只有他們懂的眼神交流，裝作這件事沒發生過，繼續往前走。

李成空有被排除在外的隔離感，很不舒服，但是他只能隱忍，誰叫自己只是小員工，紀信是孟婆的助理，按順位也是他的上司，寄人籬下，必須聽話。

「這裡不像墳場，反而像是被細心整頓過的農地。」余家寶踩在泥地上，完全感受不到墳場該有的陰冷氣息。

「當然整頓過，要在這上頭蓋房子，當初地府也忙了好一陣子，不過就這塊地沒被填掉，因為這裡的無主野鬼太多，後來的黑白無常花了很多時間才勾完魂。現在地是乾淨了，但是在邊收邊蓋茶樓的方式下，這塊地就被留了下來。」紀信很細心地解釋，對於當初地府倉促上陣的做法，其實頗有微詞。

「所以，這塊地應該是乾淨了，怎麼會被我撞見這裡還有鬼呢？」余家寶在空地上溜溜轉。這裡就像個地下室，除了紮實的地基以外就是泥地，他感受不到這裡有鬼的氣息。

「是乾淨了，所以我猜想會不會是私闖據地的野鬼。」紀信走遠了些，試圖找出一絲異狀。

余家寶不說話，靜靜地看著四周，腦中正在努力回憶那個奇怪的夢境。就在一瞬間，他的眼角晃過一道人影，速度很快，從牆的這端沒入另一端。

「出現了，別跑。」余家寶想也不想追了上去，從褲子口袋裡抓出一把符紙朝那道人影消失的地方丟去。飛揚在半空中的符紙突然起火燃燒，四周還發出滋滋聲響。一陣火光乍現後，又陷入無盡的黑暗，余家寶站在土牆前，陷入沉思。

「這裡怎麼可能會有野鬼，不可能。」紀信跟上，無法置信地說道。當然他也看見黑影出現，但是對於茶樓來說，這根本是不允許發生的事。

「但是，事實擺在眼前，你無法否認。」余家寶摸著土牆，試圖再看出些什麼蛛絲馬跡。他知道事情的嚴重性，迷魂茶樓都有野鬼出沒，豈不是在說這裡漏洞百出？

「想辦法制服他吧，這件事傳出去，對茶樓的名聲不好。」紀信摸著土牆這麼說道。李成空也跟著摸上土牆，雖然他不知道這麼做有什麼用處。

「唉唉，現在到底是什麼情況啊？」李成空摸摸這土牆，不知是不是錯覺，他竟然覺得牆面冰涼得過分。

「抓野鬼，我的夢境不是騙人，茶樓裡混入不該有的東西。」余家寶張著手掌繼續摸索土牆，一靠近李成空附近，隨即停頓了一會兒。

「藏在這裡。」他突然壓低聲音說道。紀信朝他看了一眼，輕手輕腳地靠近余家寶，一觸到比冰塊還冷的溫度，他立刻轉頭向余家寶眼神示意並點頭。

「李成空，你後退。」紀信回頭用著小到不能再小的音量說道。

李成空大概也察覺氣氛不對，他點點頭，雙手擺著投降的姿勢往後退了好幾步，看著兩個貼牆靜止不動的人。

因為不知道下一步會怎麼做，李成空只能嚴陣以待，連呼吸都顯得小心翼翼。

這時，兩人又互看了一眼，點頭、打暗號，接著同時往後退了一步，舉起雙手重重地往土牆猛推了一下。這看似有點滑稽的舉動，卻造成整個空間引來像是地震的波動。李成空才想，這兩人的力量也太驚人。仔細一看，並不是這麼一回事，而是他們重重一拍之後，牆面開始震動，是土牆裡的傢伙搞的鬼。

李成空越看越緊張，深怕土牆會倒塌崩解，他們三人會被活埋。

余家寶又往土牆狠拍了一下，土牆竟然出現細小的裂痕，李成空終於忍不住叫出聲。

「這裡是不是快塌了啊？我們得快跑啊。」

「沒事，李成空，你快念咒，縛鬼咒。」余家寶依舊很冷靜，雙手貼著牆對他喊道。

李成空被他這麼一提醒，腦筋轉得很快，立刻唸出了咒語。就在這一瞬間，土牆出現一片紅色的羅網，余家寶與紀信放手往後退，牆面浮出幾道身影。接著，那張網慢慢往內縮，就像抓魚一樣，將那些奇怪的黑影抓了起來。網子越縮越小，明顯看得出是人形。最終紅網縮成三個身影，三個形體看起來一般高，而且像是男性，還……

「這好像是小孩子啊……」李成空看著還在掙扎的三個小小身影，低聲說道。

就在這時，紀信的臉色變得很難看，似乎想起了某件事。

「余家寶，放了他們，這三人沒有惡意。」紀信嘆了口氣，心情相當差。

「你認識他們？」余家寶很困惑，他更是第一次看到紀信露出這麼困擾又愧疚的模樣。

「認識，是我疏忽，忘了還有這三人。」

余家寶盯著他好一會兒，雖然這傢伙個性很討人厭，但是說話向來值得信。余家寶伸手抽出一把小短刀劃開紅網，裡頭的三個小小身影立刻掙脫而出，是三個年約五歲的男孩，哭得稀里嘩啦，看起來讓人感到不忍。

「紀哥哥，對不起……」其中一個朝紀信奔去，抱住他的雙腿嚎啕大哭。另外兩人穩重許多，但是眼角的淚水從未斷過。

「這怎麼回事？」余家寶與李成空看傻了眼，紀信則是為難地看了他們一眼，長長地，充滿愧疚地嘆了口氣，一手輕拍對方的肩膀哄著。

三人就這麼對望好一段時間之後，他才開口解釋。

「當初茶樓正要開工整地時，我們找到的三隻野鬼，之所以無法將他們收服，是因為他們的骨骸已經被磨碎混著土，跟這面土牆融為一體。這裡已成他們的根據地，若是拆掉土牆，

這三人就會消失，若是不拆就得永遠待在這裡，我們選擇後者。」紀信繼續拍著最小的那隻野鬼，對方哭得非常傷心，尤其訴說起這段往事時，小鬼哭得更大聲，讓人更加心疼。

「茶樓一蓋好，我們就將他們塵封在這裡，不打擾他們……久了，眾人也就遺忘這三個小鬼。」紀信被小鬼吵得無法，直接彎身一把抱起安撫。

紀信難得展現的溫柔，讓另外兩人大開眼界。

「一開始，我每個月初一會抽空來此，替他們張羅些吃的，畢竟這裡也是通往地府的走道之一，有些野鬼找到這裡的入口就會從這裡鑽進去。這三隻小鬼太小，總被其他年長的野鬼欺負，後來偶爾我會讓幾個比較資深的野鬼來此駐守，抓完交替後就從這裡入地府，這三個小鬼也比較不寂寞，但……茶樓的事務比較忙，忙久了，我也忘了……」紀信越說越懊惱，這些年來他專注於茶樓的工作，為了升上城隍一職而努力，於是逐漸淡忘這面土牆與這三隻可憐的小鬼，看著對方哭得這麼傷心，多少能體會這是被遺忘的痛苦。

他又想起自己曾與這三個小鬼約定，只要抽空就會來看他們，自己卻沒履行這約定，使得他越想越懊惱，抱著那名小野鬼輕拍，努力地想安撫對方。

「所以我夢見的是他們？不對啊，模樣與身形完全不一樣。」余家寶想了想，還是覺得不對，夢裡說要抓交替的人，可是大人的聲音，與這三個稚嫩的童音截然不同。

「那些人是路過的野鬼，他們剛完成抓交替的工作，在這裡待了一段時間，兩個小時前才離開，返回地府……」站在一旁，年紀最大的孩子對他這麼說，平靜的眼神裡卻藏著一絲寂寞。

「原來……說話這麼大聲，打擾我睡覺。」余家寶聳聳肩，既然真相大白，而且也不是多嚴重的大事，他明顯露出了鬆懈之感。

「那些人很有趣，說了很多我們沒聽過的事。」另一個孩子眼神閃閃發光地補充。他們在這個地底被困了多年，很寂寞，只能聽著往來的野鬼訴說外頭的事。聽著聽著，對外頭的世界充滿了幻想。

「他們說月底有個叫萬聖節的東西，跟我們的農曆鬼月不一樣，小孩可以要糖吃，不給糖就可以搗蛋，甚至可以上街遊行……紀哥哥，我們真想看看那是什麼，你知道這個萬聖節是什麼嗎？」

「呃……」這下，紀信真的露出有史以來最富人性的表情，矛盾痛苦又掙扎，讓余家寶與李成空想掏出手機拍下來，以紀念這一刻。

「紀信，我覺得我們該教教這幾個可愛的小孩什麼叫做萬聖節。」李成空這時笑得很開心，有一種大獲全勝的暢快感。

紀信這時對著他們兩個投以非常非常怨恨的眼光，偏偏他一個不字都無法說出口，尤其在最小的那隻野鬼又開始哭哭啼啼的當下。

◇◇◇

陽曆十月三十一日，俗稱西洋的萬聖節。

這天，根據他們粗淺的調查，小孩可以挨家挨戶討糖吃，還有那麼一句名言：「不給糖就搗蛋。」

而這天，地府在人間設置的迷魂茶樓人間分部，相當應景地體驗了一次萬聖節，不過他們似乎有相當大的誤解，至少萬聖節不會出現類似耶誕大餐的擺設。

「紀信怎麼轉性啦，突然想過萬聖節？」孟婆的心情很好，一手抓著叉子戳戳剛上桌的焗烤馬鈴薯。

「為了那三位小貴客吧？」紀言看著不遠處的情形，笑臉盈盈，一副看好戲的模樣。

李成空與紀信正跟那三個小野鬼說話，他們倆還很應景地拿著塑膠製的南瓜桶，裡頭裝滿各式各樣的糖果。

「來來來，盡量挑，這是我從打工的超商裡搜刮來的，這幾塊巧克力銷量最好，挑起來吃吃看。」李成空很熱心。

幾個小野鬼相當有禮貌，尤其看到一堆糖，完全笑開了臉，模樣非常可愛。

「但是也得注意分量，你們三個別吃太多。」紀信還是一板一眼地叮嚀。當初答應過萬聖節，讓他簡直是含淚咬牙面對，而今看見這三個小野鬼這麼開心，他也就不再糾結那矛盾的情緒了。

雖然他一邊籌備一邊碎唸下不為例，不過孟婆正打算明年萬聖節之前，會再找這三個小野鬼在紀信面前走動幾次，讓紀信再次打破自己的信念。

「對了，阿寶。」正在看戲的孟婆吃了一小塊蛋糕後，突然低聲喚著一旁正在專心吃義大利麵的余家寶。

「幹麼？」余家寶頭也不抬地問，聽孟婆的語氣，就知道想跟他聊些無關緊要的八卦。

例如，李成空的事。

「你打算繼續瞞下去，不讓李成空知道他的真實身分？」孟婆很想知道這對上下屬的打算。雖然找回了第四閻王，但是兩人都在人間，得等他們陽壽盡了，才能讓第四閻王殿重新運轉。余家寶已經知道所有真相，李成空卻還是被蒙在鼓裡。

「還不行，他還在歷劫，這一世是最後一次。」紀言這時插嘴，滿滿的惋惜語氣。他以為第四閻王溺水案可以有個完美收場，偏偏就卡在李成空還在歷劫。

「要是沒弄好，他恐怕連回地府的機會都沒有。讓他好好過完這一世，等到可以接回地府時，我再來想辦法，他現在不能知道這些事情。」余家寶悶悶地說道。有時看著李成空一副狀況外的樣子，他總有點難受。一個歷劫的命運，會遭受太多苦難，例如無父無母、貧窮度日、情劫……等等，任何都可能影響他命運的劫難，隨時都會發生。

「歷劫啊……這可難受了呢，得承受許多苦難，有時我真覺得地府有些規定太過苛刻。」孟婆嘆了口氣，的確不該讓李成空知道這些事，難保他會試圖改變命運，反而壞了過去好不容易熬過的苦難。

「阿寶，你是不是……看過李成空前幾世的歷劫記憶了？」孟婆說這番話的同時，眼神落在一旁喝可樂的紀言。能搞到那些東西的，也只有這人。

「他總該知道自己的下屬過去九世的人生是怎麼過的。十世歷劫是個相當漫長的酷刑，不過那傢伙挺有毅力的，全都熬過來了。」紀言笑了笑，看著不遠處的李成空，輕笑裡帶著幾分敬佩。

「所以，這世我打算不讓他知道真相，但是願意從旁暗中幫助他。」余家寶滿嘴的食物說道，企圖用含糊不清的方式遮掩自己的羞赧。

孟婆笑了笑，伸手摸摸余家寶的頭，那態度溫柔又帶著一絲憐憫，輕聲說：「你們啊……真的是傻瓜，苦苦度過劫難，等待奇蹟的傻瓜。好吧，茶樓永遠是你的靠山，你想怎麼做就怎麼做吧。」

後記

哈囉，我是瀝青。

首先謝謝你看了這本書，非常感謝。

這次是跟晴空合作，出了一本已經有一段時間沒寫過的靈異小說，這個故事一點也不恐怖，可以安心食用喔喔喔……

謝謝晴空給我這個機會，從籌備到完成這段時間，跟編輯一來一往地討論，最後能順利完成，真的是太開心啦！

感謝的詞都說完，那就這樣結束啦……不是，如果真的這樣做，編輯會殺人，我必須講一下關於這本書的心得。

這次一樣是兩個男性主角，一起收鬼，一起同居偶爾也會吵架的輕靈異故事。因為之前有些人會問我寫的靈異小說會不會很恐怖，我的小說：不恐怖、不恐怖、不恐怖。很重要所以要說三遍，我只愛寫有點小萌點又有點有趣的故事，所以請安心食用。

希望你們能喜歡這次的主角，阿寶跟成空，他們有完美的身高差、個性很衝突，幾乎天

天吵架，但是都是個性很好的孩子，所以寫起關於他們的故事，我都很開心，直到故事要結束時，還真有點捨不得。

最後，要謝謝一路過來負責這本書的編輯。

老實說，當初得到這個機會時，剛好是整個人身心狀況比較不穩定的時候，對很多事情都很茫然，雖然是個人的私事，但是多少也影響到自己對寫作的喜歡，不過後來編輯積極地聯絡、溝通，以及在創作的過程中也給了鼓勵與建議，還給了相當大的發展空間。

因為後來完成時，認真覺得跟當初說好的內容完全不一樣，哈哈哈，希望沒造成編輯的困擾……

這是一趟很美好的旅程，我寫得很快樂，過程中讓我忘記了現實生活中的鬱悶與茫然，非常感謝。

現在故事結束了，也希望你們會喜歡，最後，再次再次感謝。

狂想館008

半吊子算命師

國家圖書館出版品預行編目資料

半吊子算命師 / 瀝青著. -- 臺北市 : 晴空出版 : 家庭傳媒城邦分公司發行, 2015.10
冊； 公分. --（狂想館008）

ISBN 978-986-92184-0-5（平裝）

857.7　　104017266

作　　者　瀝　青
繪　　者　Welkin
責任編輯　羅婷婷
國際版權　吳玲緯
行　　銷　蘇莞婷
業　　務　李再星　陳玫潾　陳美燕　杻幸君
副總編輯　林秀梅
副總經理　陳瀅如
編輯總監　劉麗真
總 經 理　陳逸瑛
發 行 人　涂玉雲
出　　版　晴空
城邦文化事業股份有限公司
104台北市中山區民生東路二段141號5樓
電話：（886）2-2500-7696　傳真：（886）2-2500-1966、2500-1967
發　　行　英屬蓋曼群島商家庭傳媒股份有限公司城邦分公司
104台北市中山區民生東路二段141號2樓
客服服務專線：(886)2-2500-7718；2500-7719
24小時傳真服務：(886)2-2500-1990；2500-1991
服務時間：週一至週五09:30-12:00；13:30-17:00
郵撥帳號：19863813　戶名：書虫股份有限公司
讀者服務信箱：service@readingclub.com.tw
晴空部落格　http://sky.ryefield.com.tw
香港發行所　城邦（香港）出版集團有限公司
香港灣仔駱克道193號東超商業中心1樓
電話：852-2508-6231　傳真：852-2578-9337
E-mail：hkcite@biznetvigator.com
馬新發行所　城邦（馬新）出版集團【Cite(M)Sdn. Bhd.(45832U)】
411, Jalan 30D/146, Desa Tasik,Sungai Besi, 57000 Kuala Lumpur, Malaysia.
電話：(603) 9056-3833　傳真：(603) 9056-2833
美術設計　廖婉禎
內頁排版　洸譜創意設計股份有限公司
印　　刷　沐春行銷創意有限公司
初版一刷　2015年10月15日
定　　價　250元
I S B N　978-986-92184-0-5